MW01710990

UNION GÉNÉRALE D'ÉDITIONS
8, rue Garancière - Paris VIe

Du même auteur
dans la même collection

A TOUS LES RÂTELIERS, n° 1605
DU SANG SUR LE PARVIS, n° 1647
LES ENFANTS DU MASSACRE, n° 1604
MILAN, CALIBRE 9, n° 1671
LES MILANAIS TUENT LE SAMEDI, n° 1645
NAÏVES AUTO-STOPPEUSES, n° 1646
N'ÉTRANGLEZ PAS TROP, n° 1672
PROFESSION : SALOPARD, n° 1689
TENDRES TUEURS, n° 1704
VÉNUS PRIVÉE, n° 1603

LES NYMPHETTES MEURENT AUSSI

PAR

GIORGIO SCERBANENCO

Traduit de l'italien
par Roland STRAGLIATI

10|18

Série « Grands Détectives »
dirigée par Jean-Claude Zylberstein

PLON

Titre original:
Il Centodelitti
(Troisième et dernière partie)

ISBN-2-264-00726-5

LES NYMPHETTES MEURENT AUSSI

— Deux sachets d'aiguilles à coudre, dit la gamine.

Elle avait une longue natte qui lui descendait presque jusqu'aux reins et qui, brune sur son petit boléro clair, tirait irrésistiblement l'œil.

— Une minute, dit sèchement la mercière, occupée à servir une vieille cliente tatillonne.

Dehors, il faisait grand soleil, encore qu'on n'aperçût seulement, dans cette étroite rue milanaise, qu'un mince rayon d'or au tout dernier étage des maisons. De temps en temps, un pigeon s'envolait du porche de l'église romane de la petite place voisine. Et cela, qui faisait plus qu'annoncer le printemps, énervait passablement la mercière, laquelle n'était pourtant plus de la première jeunesse, comme l'énervait aussi le fait qu'ayant dit à la gamine de venir à quatre heures — et à Milan quatre heures c'est quatre heures, — celle-ci n'était arrivée qu'à cinq heures moins le quart. Si bien que le monsieur qui attendait dans le petit salon depuis près d'une heure en était sorti deux fois : très grand, assez âgé, le crâne pareil à une boule de billard, le nez chaussé d'énormes lunettes cerclées d'argent, les clients l'avaient évidemment tout de suite remarqué, et ça commençait à devenir dangereux pour elle. Cela aussi la rendait nerveuse. D'autant qu'elle avait vu passer par deux fois ce même jour devant sa boutique l'Alfa Romeo de la police, qu'elle n'aimait guère la police et qu'il lui déplaisait souverainement de devoir seulement y penser. Elle avait un peu le sentiment de tirer sur une corde que ceux de la Questure (1) tiraient aussi de leur côté. Et il était quasi certain que c'étaient eux qui finiraient par l'emporter, tant était grande la bêtise des gamines, bonniches ou jeunes femmes au mari en chômage — et qu'il fallait pourtant bien faire manger — qui fréquentaient sa boutique, s'imaginant de bonne foi qu'elle faisait ce métier-là pour son plaisir et qu'il était de tout repos.

— Merci, madame, dit-elle à la cliente tatillonne en lui rendant la monnaie d'un billet de cinq mille lires.

Puis elle la regarda sortir, riant sous cape, ce qui la soulageait un peu, de l'étrange couvre-chef de cette bonne femme : une sorte de turban rose entouré d'une bande de vison jaunâtre, et qui lui donnait un petit air assyro-babylonien. Dès

(1) La Questure correspond, on le sait, dans certaines grandes villes italiennes, à ce qu'est, à Paris, la Préfecture de Police. (N. d. T.)

que la cliente eut disparu, elle se tourna, l'œil mauvais, vers la gamine :

— Je t'avais dit quatre heures. Il en est presque cinq...

Et elle sourit dédaigneusement : les petites mineures, « marchandise » fort explosive, ne lui disaient rien qui vaille, et elle risquait gros à s'en occuper. Malheureusement, ou heureusement, elles rapportaient dix fois plus que les bonniches et les déclassées qui avaient ordinairement recours à ses bons offices. Elle avait déjà, pour sa part, quatre « Christophe Colomb » dans son porte-monnaie, la gamine allait en recevoir autant, et le grand monsieur aux énormes lunettes cerclées d'argent lui donnerait encore, à elle, en partant, un « Michel-Ange » (1) pour le dérangement.

— Plus ils attendent, plus ils s'échauffent, répondit la gamine à mi-voix.

Elle se tenait toute raide, l'œil inexpressif. Son visage n'avait plus rien d'une enfant. Pas plus que son corps, au reste, qui commençait à déborder de partout : aux hanches, au derrière et à la poitrine, laquelle gonflait outrageusement son boléro. Pourtant quelque chose de puéril émanait indéniablement de toute sa personne, quelque chose — c'était difficile à expliquer — de tranchant. Oui, de tranchant, de coupant. Et qui évoquait un couteau bien affilé, mais qui, au vrai, n'aurait seulement été qu'un de ces couteaux en plastique que l'on donne aux enfants qui, ne mangeant

(1) Les « Christophe Colomb » (5 000 lires) et les « Michel-Ange » (10 000 lires) sont des billets de banque italiens à l'effigie de ces deux grands hommes, d'où ces appellations familières. (N. d. T.)

plus sur leur grande et haute chaise, doivent couper eux-mêmes leur petit fromage. Elle tenait néanmoins, mais assez superficiellement, de la fille de mauvaise vie, tant à cause de son regard tout ensemble froid et effronté que pour ses lèvres épaisses et provocantes, quoique non maquillées, tant aussi pour la raideur de son maintien et son air méprisant que pour cette réponse choquante qu'elle venait de faire à la mercière : « Plus ils attendent, plus ils s'échauffent. » Eh bien, malgré tout cela, quelqu'un de sensible aurait tout de suite senti que c'était encore une gamine, encore une enfant.

Mais la mercière n'était pas quelqu'un de sensible.

— Des fois, dit-elle, ils se lassent d'attendre, et tu y perds ta journée. (Elle lui désigna la porte de l'arrière-boutique d'un signe de tête :) Tâche de faire vite. J'ai besoin de la pièce pour cinq heures et demie au plus tard.

La gamine, avec toujours son même air de mépris, la regarda fixement, le visage figé, comme sur ces photographies qu'on voit dans les albums de famille. Puis, très raide, avec dans la démarche quelque chose de mécanique qui rappelait un peu le soldat à la parade, elle se dirigea vers la porte de l'arrière-boutique, l'ouvrit et la referma derrière elle.

C'était une petite pièce, avec deux grandes étagères qui montaient jusqu'au plafond et dont les rayons étaient bourrés de boîtes de toutes sortes et de toutes dimensions. D'autres boîtes encore jonchaient le sol, en pagaille. La gamine les enjamba, sa natte lui battant le dos, puis elle ouvrit une seconde porte.

Le grand monsieur complètement chauve, avec ses énormes lunettes quasiment pareilles à des phares antibrouillard, se retourna d'un coup, un verre de vermouth à la main, qu'il agitait pour en faire fondre les glaçons.

— Belle, très belle.... dit-il. (Il avait une grosse verrue lie-de-vin sur la tempe, près de l'oreille droite.) Très belle, très, très belle... Ferme la porte.

Sa voix sourde était d'un vieil homme, mais d'un vieil homme encore vert et vigoureux. La gamine referma la porte.

Une lampe était allumée, car la pièce n'avait point de fenêtre. Une grande lampe avec un grand abat-jour jaune « façon parchemin », décoré de fausses estampes anglaises où se voyaient des personnages du début du siècle dernier dans des costumes de fantaisie. Si la pièce n'avait point de fenêtre, c'était qu'elle avait longtemps servi de débarras et qu'on y avait même stocké du charbon, durant des décennies, du temps qu'on se chauffait encore couramment avec ce combustible, avant que l'industrieuse mercière ne décidât, quelques années plus tôt, d'en faire sa chambre personnelle, — du moins, à l'en croire. De fait, il y avait là un divan à l'air bien innocent, mais qui se transformait en un clin d'œil en un grand lit moelleux et fort engageant. Puis il y avait aussi un réfrigérateur qui ne ressemblait guère à un réfrigérateur, mais bien plutôt à une huche à pain en bois noir, avec un petit bar à l'intérieur, — si tant est qu'on pouvait appeler ça un bar :

une bouteille de vermouth et une autre de Coca-Cola. Cette dernière destinée au beau sexe. Puis il y avait encore un mange-disques rouge dans lequel ces dames glissaient évidemment des disques, en buvant leur Coca-Cola. Et, pour donner enfin à l'ensemble un cachet d'élégance, il y avait même un vase avec des fleurs ; mais c'étaient d'épouvantables fleurs artificielles, et qui épouvantaient vraiment tant elles avaient l'air d'être vraies. Au point même qu'il fallait les toucher et en éprouver de la main la répugnante consistance caoutchouteuse pour s'apercevoir qu'elles étaient factices.

— Très belle, très belle.

Grand, presque totalement chauve — les rares cheveux qui lui restaient tondus à zéro, — avec ses énormes lunettes à fine monture d'argent, tenant son verre de vermouth de la main gauche, le vieil homme lui caressa la tête de la droite, cependant qu'elle fermait la porte à clef.

— Très belle.

Elle se déroba brusquement à sa caresse, et, raide, le regard fixe, se dirigea d'un pas d'automate — on voyait qu'elle connaissait les lieux — vers une petite table sur laquelle se trouvait le mange-disques rouge. Ce devait être un étranger, se disait-elle, sans plus se départir de sa raideur que de son expression figée, car il avait dit « Très belle » d'une drôle de façon. Elle prit, dans le petit tas de disques éparpillés sur la table, le premier qui lui tomba sous la main, l'introduisit dans la fente de l'appareil et, presque aussitôt, Françoise Hardy se mit à chanter, en italien, qu'elle voulait faire le bonheur d'on ne savait trop qui.

— Très belle, répéta derrière elle la voix sourde

de vieil homme. Et ce devait vraiment être un étranger, peut-être un Américain, encore qu'il parlât couramment l'italien. « Comment t'appelles-tu ? »

— Michèle.

Elle lui tournait le dos, écoutant, très vaguement, la chanson de Françoise Hardy.

Puis elle ôta son boléro, sous lequel elle portait une petite robe rose pâle qui ressemblait à l'un de ces tabliers d'enfant qu'on voit aux petits des asiles. Cela fait, elle commença à détacher, de peur que l'homme ne l'abîmât, la longue natte brune postiche qui lui descendait presque jusqu'aux reins, et dont elle avait eu l'idée en voyant Romina Power (1) en porter une toute pareille dans un film.

— Quel âge as-tu ?

Cette voix d'homme, la gamine était bien obligée de reconnaître qu'elle l'impressionnait, la dominait, malgré toute l'impudence et l'effronterie qu'elle affichait.

— Quinze ans.

La voix du vieil homme dit dans son dos :

— La dame a dit qu'il y aurait vingt mille lires pour toi.

Il s'était rapproché d'elle, presque à la toucher, et la gamine avait plus conscience encore du poids de sa présence que de sa présence elle-même. Et, tandis que Françoise Hardy continuait de répéter qu'elle voulait faire le bonheur d'on ne savait trop

(1) Fille des vedettes de cinéma américaines Tyrone Power et Linda Christian, Romina Power, quoique encore très jeune, a déjà tourné dans quelques films italiens. (N. d. T.)

qui, elle se disait, elle, que pour faire le bonheur de ce grand monsieur chauve, s'il était étranger, vingt mille lires ce n'était vraiment pas beaucoup.

— Non, dit-elle brutalement — et d'une voix de tête qui semblait sortir d'un micro déglingué, — c'est quarante mille. Et elle lança ce chiffre-là justement parce que, dans sa naïveté, elle croyait avoir affaire à un étranger. « Quarante mille », répéta-t-elle, sans cesser pour autant de lui tourner le dos.

Et, changeant le disque, elle remplaça Françoise Hardy par la première des rengaines qui se trouvaient à portée de sa main. C'était *Mon cœur*, et Rita Pavone (1) commença à chanter très doucement, presque en chuchotant : *Tu souffres, tu souffres, ô mon cœur...* Puis, se mettant brusquement à hurler à pleine voix, Rita enchaîna : *Pourtant, je vis, je vis, je vis ! Mes pre...* La gamine n'en entendit pas davantage. Le grand vieux monsieur chauve, avec toujours son verre en main, venait d'arrêter la musique.

— C'est un peu cher, Michèle, dit-il en lui mettant une main sur l'épaule et en la transperçant du regard au travers de ses énormes verres de lunettes soutenus seulement par une très mince monture. « Et puis tu n'as pas quinze ans, ajouta-t-il — en prenant, de sa main qui ne tenait point le verre, la natte qu'elle venait d'ôter, — peut-être quatorze, au maximum ; mais je croirais plutôt que tu n'en as pas beaucoup plus de treize. (Il jouait machinalement avec la natte ; elle devait coûter fort cher, car c'étaient de vrais cheveux, très sou-

(1) Jeune et très célèbre vedette féminine de la chanson italienne. (N. d. T.)

ples, pas du nylon.) Et puis tu n'as pas de veine, ma petite Michèle, ou peut-être bien que tu en as, au contraire. Je ne suis pas un client, je suis de la police des mœurs ; mais ne crains rien, n'aie pas peur, je ne te veux pas de mal, je ne te ferai rien. »

Et le brigadier de police Giovanni Soltani — qui n'allait plus guère tarder à prendre sa retraite maintenant — lui parlait affectueusement, presque tendrement, comme un père à sa fille, car, en fait, malgré son ingrat et rude métier, il éprouvait vraiment pour cette gamine un sentiment quasi paternel. Et ce fut paternellement qu'il répéta :

— Je ne te ferai rien. (S'apercevant soudain qu'il devait être un peu ridicule avec cette longue natte brune à la main, il la posa sur la petite table, parmi les disques 45 tours de Françoise Hardy, Rita Pavone, Dalida, Nancy Sinatra, tous passablement démodés, et ôta les énormes lunettes dont il n'avait nul besoin, mais qu'il avait mises pour fignoler son personnage de vieux gâteux amateur de nymphettes.) Ce n'est pas à toi que nous en voulons, mais à ceux qui t'exploitent. Non, nous ne te ferons rien ; nous ne t'enverrons même pas chez les bonnes sœurs ; nous te laisserons en liberté, mais à la condition que tu nous dises qui te fait faire ce sale métier-là. Nous ne dirons rien aux journalistes ; il n'y aura pas de scandale ; personne ne saura ton nom ; ta famille ne sera absolument pas mêlée à l'affaire. Alors, aide-nous, parle. Tu es une fille intelligente, et tu seras du même coup débarrassée de ces salopards qui profitent de toi.

Michèle le regardait droit dans les yeux. Sans crainte, maintenant qu'elle savait qu'il était de la police des mœurs. Puis elle baissa lentement la tête, comme si elle réfléchissait, posa la main sur le mange-disques, poussa de nouveau dans la fente de l'appareil le disque que ce faux client de brigadier de police venait d'arrêter l'instant d'avant, et Rita Pavone reprit aussitôt sa chanson là où elle l'avait laissée : *Mes premières joies sont des larmes...* Michèle semblait écouter attentivement, avec plaisir même, mais, en fait, alors que Rita chantait : *Et des soupirs et des alarmes. Où donc, où donc est le bonheur ?* elle saisit brusquement le mange-disques par la poignée

Tout le monde sait ce qu'est un mange-disques : c'est un coffret tourne-disques qui moud chansons et musique dans quelque position qu'on le mette. On peut aussi bien l'écouter en se promenant sur la plage que dans un ascenseur, aussi bien en le posant sur une table qu'en le suspendant à la branche d'un peuplier. Dès l'instant où elle en eut saisi la poignée, Michèle — mais était-ce bien vraiment son nom ? — lança de toutes ses forces ledit mange-disques en direction de la grosse tête chauve du brigadier Soltani, et l'atteignit de plein fouet. Le brigadier vacilla, puis tomba à genoux, cependant que Rita Pavone hurlait implacablement dans l'implacable appareil : *Pourtant, je vis, je vis, je vis !* Après un court instant où ce fut pour lui le noir absolu, toujours à genoux, au tapis comme un boxeur, le brigadier Soltani rouvrit les yeux et vit que la gamine commençait d'ouvrir la porte pour filer à l'anglaise, sans son boléro ni sa natte.

Alors, encore à moitié étourdi, il se traîna vers elle à quatre pattes et parvint à l'empoigner par une jambe :

— Non, ma petite, sois gentille, voyons...

Ayant à peu près repris ses esprits, il se remit debout avant que le pied de la gamine n'atteigne, comme il aurait dû normalement le faire, son visage sanguinolent, juste du côté où se voyait sa grosse verrue lie-de-vin.

La gamine, perdant l'équilibre, entraînée par son coup de pied avorté, gisait maintenant à son tour sur le sol. Mais le vieux brigadier, la prenant par la main, l'aida gentiment à se relever.

— Ne fais pas la bête, dit-il. Il y a une de nos voitures qui patrouille dans la rue depuis ce matin. — C'était cette Alfa Romeo que surmontait un petit phare bleu gyroscopique, et que la mercière avait remarquée. « Tu ne peux rien pour ton bon ami, tu ne le sauveras pas... Tu peux seulement nous dire comment il s'appelle et où il se trouve. »

Puis, mouchoir en main, le grand vieux policier chauve — qui ressemblait si peu aux policiers de cinéma — essuya tant bien que mal le sang qui coulait de sa joue, car, tout compte fait, un mange-disques pèse au moins deux kilos. Et deux kilos lancés énergiquement, quand on les reçoit en pleine figure, cela fait mal, même si c'est une gamine qui les lance.

Mais la gamine ne leur dit point le nom de son ami, ni, bien sûr, où il se trouvait. Elle ne leur dit pas non plus qui elle était, et elle n'avait aucun papier sur elle. Durant les onze heures que dura son premier interrogatoire, lequel se déroula en trois temps pour ne pas trop la fatiguer, elle ne répondit pas à une seule des dizaines de questions que lui posèrent, en se relayant, d'assez nombreux policiers, tous fort aimables avec elle. Non, pas à une seule. Elle n'écouta même pas l'assistante de police quand celle-ci, avec beaucoup de compréhension et une grande gentillesse, s'efforça de la convaincre de parler. Elle fixa effrontément le brigadier Soltani, avec sa verrue lie-de-vin et le paquet de sparadrap qui recouvrait la blessure qu'elle lui avait faite en lui lançant le mange-disques à la tête, le brigadier Soltani qui la menaçait de l'envoyer dans la pire des maisons de redressement d'Italie, une sorte de Buchenwald pour mineures, si elle s'obstinait à ne pas parler. Elle résista même aux attentions intéressées de l'inspecteur principal Carfone qui lui offrit un whisky à l'eau et poussa devant elle un paquet de *Pall Mall* et un briquet, tout en lui expliquant, avec son rassurant accent de Catane, que si son « protecteur » n'était pas vraiment un criminel, s'il n'avait tué personne, il s'en tirerait avec quelques mois seulement.

— Si son casier judiciaire est vierge et si vous vous aimez pour de bon, écoute bien ce que je vais te dire, Michèle..., disait, bon enfant, l'inspecteur Carfone. Je ne le dénoncerai même pas à la justice ; je me contenterai de lui passer un bon savon, ici dans mon bureau, parce que, même si vous n'avez pas l'argent pour vous marier, il n'a pas à t'envoyer le gagner de cette façon-là. Dis-moi son nom. Je suis sûr qu'il est comme toi : un peu tête brûlée, mais pas méchant au fond. Nous autres, ce qui nous intéresse, ce sont les assassins, les vrais criminels, pas les sales gosses comme vous. Fume donc, Michèle.

Mais elle ne fuma pas plus qu'elle ne parla.

Elle ne répondit pas à une seule question, ne but point d'eau minérale ni de whisky, et tint tête, le visage figé, inexpressif, comme si elle avait posé devant un photographe d'autrefois. Elle demeura insensible aux lénifiantes exhortations de l'inspecteur principal Carfone et ne céda point davantage aux violences, plus verbales qu'effectives, du brigadier Soltani qui, au bout de neuf heures d'interrogatoire, excédé de voir qu'elle ne voulait toujours rien dire, l'empoigna par les courts cheveux qui lui tombaient sur la nuque — la natte ayant été confisquée — et la souleva de sa chaise en hurlant :

— Parle, ou je t'étrangle !

Mais il la lâcha aussitôt. Elle ne parla pas pour autant, se contentant de les dévisager tous, effrontément, comme une gosse qu'elle était. En deux jours d'interrogatoire, elle ne prononça pas un seul mot.

Ah ! si, elle en prononça quatre ; ou plutôt elle répéta quatre fois le même :

— Waters.

Et l'assistante de police, qui se tenait constamment à ses côtés, l'accompagna alors aux cabinets. Elle le dit deux fois le premier jour, ce mot-là, et deux fois le lendemain, presque toujours à heure fixe : c'était réglé comme du papier à musique. A part ce mot, bien évidemment méprisant pour ceux qui l'interrogeaient, elle ne dit absolument rien d'autre, pas plus là, à la Questure, que chez les sœurs du Bon Pasteur qui l'hébergeaient pour la nuit.

Il en alla tout autrement avec la mercière. Elle parla, parla, durant trois heures d'horloge, et leur raconta tout, — spécialement au brigadier Soltani :

— ... Parce que, voyez-vous, monsieur le brigadier, je ne pense pas que vous croyez sérieusement qu'on peut vivre aujourd'hui avec un magasin de mercerie, étant donné les loyers et les impôts qu'on paie, rien qu'en vendant quelques pelotes de laine par semaine, une fusette de fil blanc, une petite écharpe. Mon mari est mort depuis trois ans, et j'ai signé plus de traites qu'il n'y a de brins d'herbe dans un pré. Bref, j'étais sur le point de tout bazarder, quand voilà qu'un jour un vieux monsieur vient m'acheter de la laine verte pour sa femme. Je le vois encore : il en voulait de la vert pastel et, moi, je n'en avais seulement sur le comptoir que de la vert foncé. Quelques instants plus tard, je vois arriver une petite bonniche qui était déjà venue d'autres fois pour des achats de rien du tout — on voyait tout de suite que c'était une pas grand-chose, bien qu'elle servît en maison bourgeoise, — et, cette fois-là, elle me dit qu'elle voulait un pull-over bleu ciel — moi, les couleurs, je me les rappelle toujours, — et, tout en cherchant la laine vert pastel du monsieur, je sors aussi le petit pull-over bleu ciel. Mais, pendant ce temps-là, le vieux monsieur en question s'était mis à blaguer, à faire le joli cœur avec cette bonniche. Il lui disait de le prendre deux, trois tailles en dessous, son pull-over, et que, comme ça, cela mettrait ses avantages en valeur. (La mercière secouait la tête, la voix geignarde, l'air désolé.) Cette première fois, je ne sais même pas comment ça c'est fait, ou plutôt je ne le sais que trop : cette petite salope est allée dans l'arrière-boutique pour essayer son pull-over et le vieux monsieur l'a suivie, et moi je me suis retrouvée avec un billet de dix mille lires dans la main. Ils ne sont seulement ressortis qu'au bout d'un bon moment, et la bonniche m'a dit que le pull-over lui allait très bien et qu'elle le gardait. C'est le vieux monsieur qui l'a payé. Et c'est comme ça que cela a commencé, parce que cette saleté de bonniche avait repassé le tuyau à d'autres bonniches comme elle et que ces filles-là n'arrêtaient pas de venir m'acheter des bricoles, histoire de se frotter à des hommes, — quand il y en avait. Puis le vieux monsieur du début est revenu et m'a carrément demandé si je n'avais pas un tendron sous la main. Il la voulait rousse — moi, les couleurs, je me les rappelle toujours, — et, avec toutes ces bonniches qui défilaient maintenant dans mon magasin, j'en avais même des vert pastel. Alors c'était difficile de refuser, non ? Mettez-vous à ma place, monsieur le brigadier : l'argent qui rentrait dans ma caisse avec tout ça, rien que dans une journée, je ne le gagnais même pas en un an. Après les bonniches, leurs patronnes sont aussi venues me trouver. Vous savez ce que c'est : il y en a dont le mari est en chômage ou qui les a plaquées, et, comme il faut bien vivre, elles se font un petit supplément quand elles peuvent ; puis il y a aussi des étudiantes, des étudiantes que leurs parents, qui n'ont pas le sou, se contentent de nourrir et de loger. Alors, n'est-ce pas ? en quelques mois, j'ai refait tout mon stock, parce que tout ce monde-là, hommes et femmes, m'achetait aussi pas mal sans trop regarder les prix, que j'augmentais, bien sûr. Un billet de mille de plus ou de moins, pour eux... Je ne suis pas faite pour ce métier-là, moi, monsieur le brigadier, ma mère était professeur de dessin, alors vous pensez... Mais je suis une pauvre veuve, je n'ai plus de famille, et c'est comme ça que je me suis laissée entraîner. Par hasard, mais aussi parce qu'il y a trop de salopes qui ne demandent que ça et trop de vieux cochons qui ne regardent pas à la dépense. Il n'y a pas que moi de fautive dans cette affaire-là. Des fois, il m'arrivait des gamines au magasin quand j'avais des clientes bien, des dames qui m'achetaient pour de bon, elles, alors je leur ai dit, à ces gamines, que, dans ces cas-là, elles devaient faire semblant de vouloir m'acheter quelque chose et me demander, par exemple : « Vous n'auriez pas des petits boutons de nacre ?... »

Elle parla durant trois heures, la mercière, navrée, au bord des larmes. Coupable de proxénétisme, oui, mais pas ignoble. Maligne plutôt, pour avoir organisé aussi astucieusement un « commerce » de ce genre : une gamine entre dans une mercerie et y demande deux sachets d'aiguilles, rien de plus normal ; le vieux monsieur est arrivé un peu avant pour acheter de la laine vert pastel pour sa femme, rien de plus normal ; et puis il y a l'arrière-boutique, toute encombrée de boîtes et d'étagères, rien de plus anodin, de plus honnête aussi ; mais, derrière une seconde porte, il y a la chambre, le lit-divan. Si une suite de coups de téléphone anonymes n'avait alerté la police, il aurait été quasiment impossible de rien découvrir.

— Bien, dit le brigadier Soltani, un peu avant la fin des trois heures d'interrogatoire de la mercière accablée. « Maintenant dites-moi un peu ce que vous savez de cette Michèle. (Il se gratta l'oreille.) C'est une mineure, et vous le saviez. Alors soyez gentille, ne vous faites pas prier, car, quand il s'agit de mineures, nous autres, ici, on ne rigole pas. »

Elle ne savait rien. Et, malgré la gifle magistrale qui vint la forcer dans ses derniers retranchements, alors qu'elle répétait pour la cinquième fois qu'elle ne savait rien, elle s'obstina à dire, en pleurant, qu'elle ne savait rien, rien, rien de rien. Et ce devait être vrai.

— ... Elle est venue un jour acheter une paire de gants de laine, dit-elle en pleurant toujours à cause de la gifle. « Des rouges, elle voulait des gants rouges — moi, les couleurs, je me les rappelle toujours, — et je lui ai dit que je ne vendais pas de gants de laine, mais que je pouvais les lui commander. Alors elle m'a dit qu'elle venait de la part d'une copine, mais sans me dire le nom de cette copine, et qu'elle avait besoin d'argent, et elle m'a demandé de l'aider. Qu'est-ce que je pouvais faire, monsieur le brigadier ? J'ai bien vu que c'était une mineure, même moins que ça encore, et j'ai eu envie de la ficher à la porte, tellement ça me faisait peine de la voir faire ce métier-là. Et puis je me suis dit que, si je refusais de lui rendre service, cette gamine allait téléphoner à la police, et ses copines aussi — ce qu'elles ont fait, du reste, sans ça je ne serais pas ici, — et je lui ai dit que j'étais d'accord. »

— Ça remonte à quand ? demanda le brigadier Soltani, une main sur sa joue pour cacher le sparadrap et sa verrue.

— Elle a commencé en octobre, dit la mercière. Il faisait déjà frisquet.

— Et vous ne savez vraiment pas qui elle est, comment elle s'appelle, ni où elle habite ?

Et, de nouveau, il leva la main, prêt à envoyer dinguer la mercière contre le mur, s'il avait eu le sentiment qu'elle lui mentait. Les voies de fait sont légalement interdites, d'accord, mais, lui, les maquerelles qui exploitent de malheureuses filles, comme cette pauvre gamine, il n'avait jamais pu les sentir.

— Non, je ne sais vraiment rien, dit la mercière en se reculant instinctivement.

Et le brigadier Soltani sentit qu'elle était sincère. Il baissa la main qu'il venait de lever, menaçante, et se tourna vers l'agent de service qui se tenait debout devant la porte.

— Fous-la-moi aux ordures, hurla-t-il, et que je ne la revoie plus. Jamais !

L'inspecteur principal Carfone sourit, derrière son bureau, quand l'agent eut embarqué la vieille proxénète. Et les deux policiers d'élite, qui, depuis deux jours, s'étaient relayés pour interroger, eux aussi, la gamine et la mercière, sourirent également.

— Comme ça, conclut l'inspecteur Carfone, on ne sait rien de rien de cette gamine, même pas son nom. Elle dit s'appeler Michèle, bon ! Mais elle pourrait tout aussi bien s'appeler Vercingétorix, le grand Arverne qui, comme chacun sait, s'opposa aux Romains à la tête des légions gauloises. Et maintenant, qu'est-ce qu'on peut faire ? D'ordinaire, ça n'arrive seulement qu'à un mort de ne pas avoir d'identité ; mais, pour un vivant, ça ne s'est encore jamais vu. Résumons-nous : vous n'avez pas réussi à la faire parler ni à savoir qui elle est ; et, jusqu'à présent, les journalistes ignorent absolument tout de l'affaire, mais, quand ils en auront vent, il faudra bien que je finisse par leur raconter quelque chose. Et qu'est-ce que je vais bien pouvoir leur dire, puisque je ne sais même pas qui est cette gosse ?

Le brigadier Soltani couvrit de nouveau son sparadrap de la main :

— Il y a pas mal de moyens pour savoir qui est cette gamine, pour la faire parler, et pour savoir aussi le nom du salopard qui l'a mise au tapin. (Il parlait doucement, quoique toujours de cette voix sourde qui avait fait que la gamine l'avait pris pour un Américain.) Cette gamine doit bien avoir des parents, à moins que ce ne soit une enfant trouvée, une orpheline. Il n'y a qu'à la garder sous clef, et c'est bien le diable si les parents en question ne finissent pas par s'inquiéter de ne plus la voir. Et, dans ce cas, ils iront forcément à la police pour la retrouver, et ils diront : « Ça fait déjà plusieurs jours que notre fille n'est pas rentrée. » Alors nous saurons obligatoirement qui elle est.

— Peut-être bien qu'elle n'a pas de parents, qu'elle est orpheline ou enfant trouvée, comme tu dis, dit l'inspecteur Carfone.

— Possible. Alors il faut faire rechercher toutes les mineures qui se sont évadées ces derniers temps des orphelinats ou de l'Assistance publique. Ce dont je me suis déjà occupé, du reste. Mais ça demandera une semaine.

L'inspecteur Carfone fit la grimace :

— Je regrette, mais je ne peux pas garder cette affaire sous le boisseau pendant toute une semaine : les journalistes ne sont pas des crétins ; ils sont déjà là, derrière la porte, à renifler quelque chose. Il faut me mener ça rondement, de façon expéditive ; je veux tout de suite savoir qui est cette gamine et le nom de celui qui l'oblige à faire ce sale boulot.

— Il y a un truc pour le savoir en cinq minutes, dit le brigadier Soltani, la main toujours sur son sparadrap.

L'inspecteur Carfone vit qu'il blaguait et se mit à l'unisson :

— En cinq minutes, tu ne serais même pas capable de faire parler le journal télévisé, toi.

Mais le brigadier Soltani cessa brusquement de blaguer :

— Dans les films, ils torturent toujours les prévenus, ils éteignent leur cigarette sur le genou des bonnes femmes. (Il parlait sérieusement, presque avec colère.) Mais ce ne sont que des bêtises de scénaristes, et je ne suis pas un scénariste, moi. Je ne suis qu'un pauvre vieux malheureux gradé de police ; n'empêche que, si vous m'écoutez, d'ici une demi-heure, on saura comment elle s'appelle, d'où elle sort, le nom du type qui l'exploite et même ceux de ses grands-parents et collatéraux.

— T'emballe pas, vieux martyr de la police, dit l'inspecteur Carfone. Dis-nous plutôt ce qu'il faut qu'on fasse.

Le brigadier Soltani se leva. Et il était vraiment un peu trop grand, un peu trop vieux, un peu trop chauve et un peu trop bardé de sparadrap pour un policier. Bref, il était trop voyant.

— Vous devez lui ouvrir la cage, dit-il, et la laisser filer, cette gamine. (Il frappa violemment du plat de ses deux mains sur le dessus du bureau, — tellement voyant avec son sparadrap et sa grosse verrue.) Ecoute voir, inspecteur Carfone, je m'en occupe. Je la laisse filer, et elle file, et elle nous emmène tout droit chez son ordure de salopard ou chez ses salopards, s'ils sont plusieurs. (Et haussant le ton, bien qu'il s'adressât à un supérieur :) C'est une gosse, une gosse. Ils l'ont plus ou moins déguisée en grande fille, mais c'est tout de même une gosse, rien qu'une gosse.

L'inspecteur principal Carfone agita un peu la main droite pour lui faire signe de se calmer. Ils étaient tous les deux des vieux du métier. Tout le monde était sérieux maintenant dans la petite pièce. Depuis des années et des années qu'ils faisaient tous partie de la police des mœurs, ils connaissaient leur affaire, et ils sentaient bien, ils sentaient tous, qu'il y avait sûrement du vrai dans ce que venait de dire le brigadier Soltani.

— Alors vas-y, dit au bout d'un moment l'inspecteur Carfone. « Laisse-la filer, mais, si elle t'échappe, tu auras bonne mine. Ça te fera une jolie fin de carrière. »

Lui aussi, il aurait bonne mine si l'opération échouait.

— Je t'apporte à domicile le salopard ou les salopards qui ont mis cette malheureuse gosse sur le tapin, dit le brigadier Soltani. Morts ou vivants, et même sans prime de cent mille lires.

L'agent de police Foscaro, un Toscan de Pise, n'était seulement à la Questure que depuis deux ans, mais son métier lui plaisait beaucoup. Toutefois on aurait pu croire qu'en plus de sa vocation de policier, il avait aussi celle de comédien, car il tint sa partie ou, mieux, interpréta son rôle comme un grand acteur aurait pu jouer Hamlet. L'agent Foscaro était celui-là même qui, plus chauffeur qu'agent, était chargé de reconduire la gamine, de la Questure, où on l'interrogeait, chez les sœurs du Bon Pasteur qui l'hébergeaient pour la nuit, et de l'y reprendre le matin pour la ramener à la Questure.

Il « envoya » sa réplique comme s'il avait répété avec le plus exigeant des metteurs en scène :

— Attends-moi là, je reviens.

Au vrai, ce n'était seulement qu'une toute petite réplique, comme *Etre ou ne pas être* et qui, précisément, ne comportait que cinq mots, tout comme l'immortelle interrogation shakespearienne. En l'entendant, Michèle — si tant est qu'elle s'appelât ainsi et non point Vercingétorix — s'arrêta en même temps que celui qui était officiellement son gardien.

Ils se trouvaient tous deux dans la cour de la Questure, par un beau vendredi tout ensoleillé — les jours de soleil se comptent à Milan, — et il était midi vingt. L'agent Foscaro laissa la gamine sous les arcades qui faisaient le tour de la cour. Il l'y laissa seule, libre, ouvrit une porte sur laquelle se voyait une petite plaque métallique portant ces mots : *Sections Province I et II (Sardaigne excepté),* et disparut en la refermant derrière lui, cependant que la gamine restait là, à l'attendre.

L'idée de fuir, de s'échapper, ne lui était pas encore venue et, à vrai dire, elle ne l'avait même jamais eue, mais, au bout d'une minute ou deux d'attente, ladite idée commença de l'effleurer. La cour de la Questure de Milan est généralement très calme, surtout s'il y fait soleil, sauf les jours de grandes rafles où elle regorge de cars de police bourrés de suspects et de malfrats de tout poil.

Quand l'idée de fuir se fut imposée à elle, la gamine vit tout de suite que, de l'endroit où elle se trouvait, juste devant les *Sections Province I et II (Sardaigne excepté)*, à la grande porte cochère, à la rue, à la liberté, il n'y avait guère plus de dix mètres. Et puis il n'y avait seulement là, près de la sortie, qu'un agent qui ne pouvait évidemment pas se douter qu'elle s'échappait et qui l'aurait sûrement prise pour l'une de ces nombreuses personnes qui viennent journellement à la Questure pour y faire renouveler leur passeport. Alors elle sortit de l'ombre des arcades, traversa un bout de cour dans le soleil, se retrouva sous les arcades, près de la porte cochère, et gagna la rue en regardant du côté du feu rouge qui se voyait au premier carrefour. Personne ne l'arrêta. Des agents la remarquèrent bien — il y en avait quand même pas mal, — mais on les avait prévenus, et ils la laissèrent partir. Une fois dehors, elle se dirigea sans trop de hâte vers le feu rouge ; et deux voitures des plus banales, une Fiat 600 et une Lancia Flaminia, se mirent aussitôt à la suivre, comme aussi deux policiers à pied, lesquels lui emboîtèrent le pas de part et d'autre de la paisible via Fatebenefratelli. La Flaminia transportait le tenace grand vieux monsieur chauve, l'homme au sparadrap et à la verrue : le brigadier Soltani.

Mais la gamine n'en savait rien. Elle croyait effectivement s'être échappée, car, comme l'avait dit le brigadier Soltani, elle n'était encore qu'une gosse. Et elle ne pensait seulement qu'à une chose : courir chez « lui » au plus vite. Si elle avait vraiment été une fille de mauvaise vie, elle aurait peut-être subodoré le piège ; or elle ne l'était pas, elle avait été souillée, avilie, mais non point profondément corrompue. Aussi, sans se presser afin de ne pas éveiller les soupçons, poursuivit-elle son chemin jusqu'à la place Cavour, filée sans le savoir par deux voitures et deux policiers. Elle atteignit enfin la station de taxis où, comme d'habitude, il n'y en avait pas un seul. Et elle attendit, immobile, le visage figé, se souvenant du conseil qu' « il » lui avait donné : « Il faut que tu aies l'air d'un mannequin de cire, ça les excite davantage. » Elle attendit, surveillée à quelques mètres de distance par une petite bande de policiers dissimulés dans les voitures et derrière un kiosque à journaux. Un taxi arriva et elle y monta, lançant au chauffeur :

— Via Tedosio.

— Quel numéro ? demanda le chauffeur en démarrant.

— 132, dit la gamine.

Malgré son visage de pierre, de statue, elle avait quand même très peur : elle avait tenu tête à tous ces policiers durant plusieurs jours, mais maintenant elle était à bout, haletante. Et elle n'avait plus qu'une idée : le retrouver, pour qu' « il » lui dise de ne plus avoir peur et qu' « il » la serre très fort dans ses bras. Exactement comme le brigadier Soltani avait pensé qu'elle ferait.

« Il » lui ouvrit la porte, mais seulement après qu'elle eût sonné longtemps, la dévisageant, inquiet. Elle entra en trombe ; il referma précipitamment et lui demanda tout à trac :

— D'où sors-tu ?

C'était un petit blondinet. Et bien qu'il eût vingt-six ans, il avait encore l'air d'un gosse monté en graine, ce que démentait pourtant son regard, — lequel, devenant brusquement mauvais, lui donnait alors quelque chose de féroce, de menaçant. Et, tandis qu'il lui demandait : « D'où sors-tu ? » il avait déjà compris d'où elle venait.

— Ils m'ont piquée chez la mercière, dit la gamine. Le vieux était un flic qui faisait semblant de vouloir passer un petit moment avec une fille.

Elle était tellement heureuse de le revoir : depuis qu'elle était née, depuis qu'elle s'était sauvée de l'orphelinat et l'avait rencontré, lui — elle pensait de bonne foi, dans sa naïveté, que ç'avait été une chance, — il avait été le seul être au monde — du moins elle le croyait — à lui témoigner de l'affection, remplaçant et le père et la mère qu'elle n'avait jamais connus, la famille qu'elle n'avait jamais eue, lui donnant, le premier, la bouleversante sensation d'être une femme et non plus une enfant. Et elle se souvenait toujours de ce matin de pluie où, s'étant enfuie de l'orphelinat, affolée, le souffle court, tant elle craignait qu'on ne la reprenne, il s'était arrêté devant elle avec sa petite voiture noire, une Autobianchi, à cent mètres de l'énorme porte cochère de l'établissement où elle avait vécu depuis l'âge d'un an. Oui, il s'était arrêté, et il lui avait demandé : « Ça ne va pas, mademoiselle ? Puis-je vous déposer quelque part ? » C'était la première fois qu'on l'appelait « mademoiselle ». Alors elle était montée dans l'Autobianchi, près de lui, et il l'avait sauvée, — c'était du moins ce qu'elle croyait.

— Viens ici, et raconte-moi bien tout, dit-il.

Il s'assit dans un petit fauteuil, devant la table à dessin, car il étudiait l'architecture aux Beaux-

Arts, où depuis quelques années il en était toujours à sa dernière année, sans pour autant désespérer d'obtenir enfin son diplôme, si la gamine continuait de toujours « travailler » aussi bien, sans lui attirer d'ennuis. Ses parents, vivant chacun de leur côté, ne s'étaient guère souciés de lui. Alors, n'est-ce pas ? il n'avait pas tellement le choix quant aux moyens de décrocher son diplôme et d'ouvrir un cabinet d'architecte.

— J'ai tout fait comme tu m'as dit, dit la gamine en se laissant tomber près de lui dans le petit fauteuil. « Je leur ai pas dit un mot : ils ne savent rien de nous deux. Ils n'arrêtaient pas de me poser des questions, mais je leur répondais pas. »

Il acquiesça d'un signe de tête, et elle prit cela pour une approbation : c'était lui qui, l'ayant endoctrinée, lui avait dit et répété de ne rien dire, absolument rien, au cas où elle serait tombée aux mains de la police.

— Continue, dit-il, — plus blondinet, plus gosse monté en graine que jamais, mais avec une étrange lueur dans le regard, un regard qui se faisait d'instant en instant plus féroce, plus menaçant.

Elle reprit son récit, et raconta tout. Depuis le moment où, dans l'arrière-boutique de la mercerie, ce sale vieux lui avait dit qu'il était flic, jusqu'à l'instant où elle s'était échappée.

— Echappée ? Comment ça ?... demanda-t-il brutalement.

Il commençait d'avoir peur, très peur. Et la peur rendait son regard plus effrayant encore.

— Ben, expliqua-t-elle naïvement, j'étais là dans la cour de la Questure, avec le flic qui devait me ramener chez les bonnes sœurs, et il m'a dit : « Attends-moi là, je reviens. » Alors je l'ai attendu ; mais, comme il revenait pas, j'ai filé. (Elle sourit, encore toute heureuse de sa bonne fortune.) Et je suis sortie tranquillement. Personne m'a arrêtée...

Elle souriait comme une gosse qui joue ; et c'était bien une gosse

Alors il se leva brusquement et la regarda avec colère : il savait bien que ça devait finir par arriver, on ne peut pas mettre une fille sur le tapin sans que cela n'arrive un jour ou l'autre, mais il n'aurait jamais imaginé que cela se serait produit aussi bêtement. Et, maintenant, il était fichu.

— Non, tu ne t'es pas échappée, gourde ! hurla-t-il, écumant de rage. « Ils t'ont laissée filer. Et, dans quelques minutes, ils seront ici pour m'arrêter. »

Ils n'eurent même pas besoin de quelques minutes : il avait à peine fini de parler qu'on sonna à la porte. C'était le brigadier Soltani, avec son sparadrap et sa grosse verrue. Deux agents l'accompagnaient, en renfort.

Le blondinet s'approcha de la porte :

— Qu'est-ce que c'est ?

— Police, dit le brigadier Soltani. Ouvre !

— Tout de suite, répondit le blondinet.

Il alla à la table à dessin, ouvrit un tiroir et y prit un compas Kretcher, lequel est le plus grand et le plus simple de tous les compas. Celle de ses branches qui se termine par une pointe a 16 cm de longueur, et l'importance du Kretcher fait qu'on l'utilise surtout pour certains travaux de planimétrie.

— Michèle, viens un peu ici, dit le blondinet,

d'une voix soudain presque caressante. Et, la prenant doucement par la taille, la faisant marcher devant lui, il se dirigea avec elle vers la porte. « Si tu veux me sauver, si tu m'aimes, laisse-moi te tenir comme ça. Et maintenant ouvre-leur. »

Quand la porte s'ouvrit et qu'il vit la gamine avec, derrière elle, ce blondinet qui la tenait par la taille, le brigadier Soltani pensa que ce garçon avait un revolver. Mais le blondinet le détrompa d'une voix rauque :

— J'ai un compas à la main. Et, si on ne me laisse pas sortir, je vous préviens que je l'enfonce dans la nuque de cette connarde.

Le brigadier Soltani vit en un éclair le regard atrocement cruel du blondinet, de cette bête féroce, et dit aussitôt :

— Sors, mais ne fais pas de mal à la petite ou je te mets en miettes. Et il regardait les yeux épouvantés de la gamine qui, la pointe d'acier du compas sur la nuque, commençait peut-être à entrevoir le vrai visage de l'homme qu'elle aimait. « Sors, ordure, sors ! » cria le brigadier.

Le blondinet dit, la voix plus rauque encore :

— Si on me touche, la petite est foutue.

— Sors, détritus ! hurla le brigadier.

Et le blondinet sortit, se tenant sur ses gardes. Ayant prévu qu'on pourrait peut-être l'arrêter, il s'était dit que, dans ce cas, il tâcherait de passer en Suisse et que, si la chose n'était point possible, il n'hésiterait pas à faire un massacre. Il sortit en se faisant un rempart du corps de cette gamine qui avait l'air d'une femme, lui entourant la taille d'un bras, tandis que de sa main droite il maintenait la pointe du compas Kretcher tout contre sa nuque, au travers de ses cheveux bruns. Il gagna le palier, méfiant, et sachant qu'il n'avait que bien peu de chance de pouvoir s'enfuir.

Malheureusement l'un des deux agents qui avaient accompagné le brigadier Soltani le toucha : il s'était dit, cet agent, qu'en faisant très vite il parviendrait à empoigner la main du blondinet qui tenait le compas et à lui arracher la gamine ; mais le blondinet était une sorte de fauve aux réflexes immédiats, et, dès qu'il sentit qu'on le touchait, il enfonça de toutes ses forces la pointe du compas dans la nuque de la gamine. La pointe pénétra en plein dans le cerveau, très exactement entre l'axis et l'atlas, et la gamine s'écroula foudroyée. Ce fut là sa seule chance : ne pas souffrir et ne même pas savoir qu'elle mourait. Elle mourut comme cela, tout simplement.

Cependant que les deux agents s'occupaient du blondinet, le brigadier Soltani se baissa et prit la gamine dans ses bras.

— N'appelle pas l'ambulance, dit-il à l'un des agents, demande plutôt le fourgon de la morgue.

Et il commença de descendre l'escalier avec ce corps de gosse dans les bras, en se demandant bien pourquoi, pourquoi, il avait autrefois choisi, il y avait bien longtemps de cela, de faire ce sale boulot de flic. Oui, pourquoi ?

(Titre original : *Lolite si muore.*)

AVEU TARDIF

Du lit où il gisait déjà depuis des semaines, il chercha le regard de son fils, de son gosse, — car, bien que le jeune homme eût vingt-six ans, c'était encore un gosse.

— Vois-tu, mon garçon, dit-il, s'il m'arrive quelque chose, la pauvre Carla va se trouver toute seule avec les deux petits. Et je n'ai pu ni l'épouser ni même donner mon nom à ces deux pauvres innocents...

— Papa..., interrompit le jeune homme, en baissant la tête pour ne pas voir le visage de son père ravagé par la maladie.

— Si j'avais pu donner mon nom à ces deux petits, au moins, poursuivit le père. Carla ne m'en parle jamais, mais je sais qu'elle en souffre beaucoup. Depuis tant d'années qu'on est ensemble, je ne lui ai jamais causé que du souci.

— Papa..., interrompit de nouveau le jeune homme.

— Elle s'est toujours cachée comme une coupable, la pauvre, parce que je ne pouvais pas l'épouser, continuait le père, — sans seulement écouter son fils, ou peut-être même sans l'entendre.

— Papa..., dit le jeune homme visiblement gêné, en l'interrompant une fois encore. « Papa, tu peux l'épouser si tu veux : maman est morte. »

Le père se tut, d'un coup. Il ne saisissait pas encore très bien, mais il finit tout de même par comprendre.

— Oh ! mon pauvre petit ! s'exclama-t-il. Et tu es venu me voir tous ces jours-ci, bien que ta mère fût malade. Puis voilà qu'elle est morte et qu'on l'a enterrée, et tu ne m'as rien dit parce que j'étais malade aussi.

— Non, papa, dit le jeune homme, tout raide, les mains crispées sur ses genoux. « Maman est morte il y a déjà quatre ans. Mais je ne voulais pas que tu épouses Carla : maman a trop souffert à cause d'elle. Alors je ne t'ai pas dit qu'elle était morte. Tu me demandais de temps en temps comment elle allait — tu ne la voyais jamais, — et je te disais toujours qu'elle allait bien. Comme ça, tu ne savais pas que tu étais veuf et tu ne pouvais pas épouser Carla. Mais maintenant tu peux le faire. »

Le père tourna la tête, soupira. Le jeune homme, son fils, ne lui demanda pas pardon : sa voix venait déjà de le demander pour lui.

(Titre original : *La confessione.*)

ET CE FUT LE SILENCE

La voiture ralentit et s'arrêta dans le brouillard, devant la barrière du poste frontière.

Un bras d'homme, dont la main tendait deux passeports, passa par-dessus la glace baissée de la portière. Un policier en uniforme prit lesdits passeports, les ouvrit et les feuilleta rapidement. Le soleil filtrait de temps en temps au travers du brouillard et des hautes montagnes encore toutes couvertes de neige, bien qu'on fût en juillet. Le policier rendit les deux passeports à la main qui les attendait, et fit signe à son collègue de lever la barrière. La voiture passa.

On entendit durant un moment le bruit de son moteur qui allait décroissant, passant du vrombissement au ronflement. Et ce fut le silence. Deux touristes allemands passèrent une demi-heure plus tard, tous deux en pantalon, — tant et si bien qu'on ne parvenait pas à distinguer lequel des deux était la femme. Puis, tandis qu'il déjeunait dans le petit poste avec ses deux collègues, le policier entendit approcher une voiture, et sortit.

C'était une belle, une très puissante voiture à deux places, basse sur pattes et aussi plate qu'une limande. Un bras passa par-dessus la glace baissée de la portière, et une main présenta deux passeports. Le policier les prit, les regarda et jeta un coup d'œil à l'intérieur de la voiture : le vieil homme robuste, encore très vert, qu'avait bronzé le soleil des montagnes, et qui se tenait au volant correspondait très exactement à la photo : c'était un important ingénieur de la région, fort riche et grand coureur de jupons. Près de lui se trouvait une femme que le policier avait immédiatement reconnue, avant même d'ouvrir son passeport. D'autant que c'était la sienne. Oui, sa propre femme, dont il était séparé depuis des années et qu'il ne voyait plus depuis fort longtemps, mais qu'au sein de cette glaciale solitude alpestre, il avait si souvent rêvé de revoir, — si seulement elle avait été moins volage.

Il ne savait trop quoi dire. Au reste, il n'y avait rien à dire ou, peut-être, beaucoup trop ; mais cela aurait été parfaitement inutile. Il rendit les deux passeports à la main qui les attendait et fit lever la barrière. La voiture franchit la frontière. Le policier demeura un moment immobile, à écouter le vrombissement, puis le ronflement du moteur. Et ce fut le silence.

(Titre original : *Poi il silenzio.*)

DÈS QUE JE LE LUI AI DIT

C'était un garçon grassouillet et qui parlait presque en pleurnichant, mais tout de même avec une certaine dignité.

— Dès que je le lui ai dit, elle a laissé tomber les autres et elle a commencé de venir avec moi...

— Quels autres ? Et qu'est-ce que vous lui avez dit ? hurla le sous-brigadier de police.

— Les autres tournaient toujours autour d'elle, et elle les laissait faire, dit humblement le garçon. Mais, moi, elle ne me regardait même pas : je suis petit, gros, et je ne sais rien faire, même pas jouer au bridge... Les autres font des courses d'auto ; moi, je ne dépasse jamais le quatre-vingt-dix. Les autres font de la pêche sous-marine ou jouent au tennis ; il y en a même deux qui font du judo : alors elle courait après tous ceux-là et ne me regardait jamais. Tous les autres couchaient avec elle. oui, sauf moi... Il y en avait un qui avait participé à un safari et qui y avait tué un lion, alors elle avait aussi couché avec lui. Tous les autres faisaient des tas de choses que je ne savais pas faire, moi, et elle allait avec eux... Alors je le lui ai dit et, depuis ce jour-là, elle n'est plus venue seulement qu'avec moi et elle s'est mise à regarder les autres comme s'ils avaient tous été des crétins...

Le sous-brigadier hurla de nouveau :

— Mais qu'est-ce que vous lui avez donc dit ?

— Que j'avais pris le fusil à lunette de mon père, dit le garçon. Je l'avais fait exprès pour elle, comme ça elle voyait bien que, moi aussi, je faisais quelque chose d'extraordinaire, pas seulement les autres... Et, de la fenêtre de la villa, j'avais mis en joue, sur la grand-route, un cycliste qui se trouvait à un bon kilomètre de distance. Je n'y croyais pas, mais il est tout de même tombé : j'avais fait mouche... Et, dès que je le lui ai dit, elle n'a plus voulu aller avec personne d'autre, rien qu'avec moi. Au début, ça m'a rudement fait plaisir, mais maintenant ça fait un mois que je ne dors plus, que je ne vis plus, bien que je puisse aller avec elle comme je veux... J'en rêve la nuit, de ce cycliste qui tombe. Je n'en peux plus, arrêtez-moi...

Et le garçon grassouillet éclata en sanglots.

(Titre original : *Appena gliel'ho detto.*)

L'INFIRMIÈRE INAMOVIBLE

— Vous êtes une excellente infirmière, dit le médecin-chef avec une amabilité de commande. Mais, bien que vous soyez ici depuis pas mal d'années, je dois vous dire franchement que votre conduite laisse grandement à désirer. Beaucoup, beaucoup trop de bruits courent sur les rapports que vous avez avec les malades les plus riches de la clinique, avec les médecins aussi ; et ce ne sont pas seulement des racontars. Nous avons même des preuves. Evitez-moi de devoir vous les énumérer : cela serait gênant pour nous deux. Tâchons plutôt d'arranger les choses à l'amiable. Je vous licencie, je vous donne le meilleur des certificats, et vous pourrez facilement trouver une place dans n'importe quelle autre clinique...

L'infirmière, splendide sous son voile blanc, pareille à une fiancée à l'instant de prononcer le « oui » sacramentel, l'infirmière demeura un long moment sans répondre ; puis elle dit, dans un murmure :

— Rien de tout cela n'est vrai, mes collègues

ne cessent de me calomnier. Elles racontent n'importe quoi ; elles disent même que je suis enceinte de vous.

Et elle fixa en souriant le vieil homme robuste qui lui faisait face.

— Amusant..., dit-il.

Oui, très amusant même. Et il allait raconter la chose à sa femme, pensait-il sans encore se douter de rien. Mais les magnifiques yeux, verts et froids, de la jeune femme finirent tout de même par lui donner quelque soupçon.

— J'ai déjà préparé votre certificat, dit-il.

— Si vous me renvoyez, dit l'infirmière, tout le monde dira que c'est pour vous débarrasser de moi et de l'enfant...

Le médecin-chef tenta encore de sourire.

— Personne ne croira une bourde pareille, dit-il en se levant.

— Mais c'est que j'attends vraiment un enfant. (Elle se leva à son tour.) Et vous ne pouvez pas me jeter à la rue dans l'état où je suis. D'autant que je ne sais trop ce que le désespoir pourrait bien me pousser à dire ou à faire.

A voir le visage du médecin-chef, devenu brusquement rouge, elle se rendit compe que l'argument avait porté. Oui, si on la renvoyait, le scandale serait tel que la clinique n'y survivrait pas.

Le vieux médecin-chef était un sage ; il comprit qu'il avait perdu la partie : avec des femmes comme celle-là, on perd à tous les coups.

— On reparlera de tout cela une autre fois..., dit-il, vaincu.

(Titre original : *L'infermiera inamovibile.*)

L'HOMME QUI NE VOULAIT PAS MOURIR

Dévaliser une riche villa n'est pas tellement simple. Il y faut avant tout un gros camion, quand ce n'est pas deux ; et cela n'a rien à voir avec un de ces petits cambriolages où une fourgonnette suffit. Non, il s'agit de charger des toiles de maîtres, des porcelaines de prix, des meubles anciens. Et, dans cette villa Picena, il y avait même une commode Bossuet estimée onze millions de lires : c'est assez dire qu'il fallait, au surplus, emballer soigneusement toutes ces pièces de choix. Tout cela demande beaucoup de temps : une demi-journée, à condition de ne pas lambiner encore. Bref, ce n'était pas un coup à faire de nuit ; il fallait opérer en plein jour.

C'était précisément ce qu'ils faisaient. Ils étaient quatre, dont trois jeunots et un homme nettement plus âgé, — tous revêtus de combinaisons plutôt usagées, au point qu'on aurait dit de vrais déménageurs. D'autant que lesdites combinaisons portaient, tant sur la poitrine que sur le dos, l'inscription : *Déménagements Gassinelli.* L'opération avait débuté à huit heures du matin ; ils avaient traversé une bonne moitié de la plaine du Pô, pour stopper en fin de compte devant la fastueuse villa Picena, laquelle, d'un baroquisme modéré et fort plaisant à l'œil, comportait trois étages. Le gardien qui vint leur ouvrir la grille les dévisagea sans aménité, bien qu'il n'eût point encore de soupçon.

— La villa Picena, c'est bien ici ? demanda l'un des quatre hommes, le plus âgé de tous, — et dont on aurait même pu dire qu'il était vieux.

Il avait un air fort distingué et qui contrastait grandement avec sa combinaison usagée et le dur métier de déménageur qu'il était censé faire.

— Oui, dit le gardien, de moins en moins aimable et même, maintenant, avec une petite pointe de suspicion, car il leur trouvait à tous un air bizarre et qui n'avait rien à voir avec celui qu'auraient eu d'honnêtes déménageurs.

— Nous venons pour le transport des deux pianos, dit le plus vieux en présentant un papier à l'en-tête des *Déménagements Gassinelli.*

— Je regrette, mais je n'ai pas d'ordres, dit sèchement le gardien.

Mais, d'instinct, ainsi que les quatre hommes l'avaient prévu en préparant leur coup jusque dans ses moindres détails, il allongea la main au travers des barreaux de la grille pour prendre le papier. Alors, dans le même temps, les trois jeunots empoignèrent ladite main, cependant que le vieux reculait un peu pour mieux surveiller la route. Les autres bâillonnèrent aussitôt le gardien au travers des barreaux, au moyen d'un mouchoir préparé d'avance. Puis ils le fouillèrent, toujours au travers desdits barreaux, et trouvèrent immédiatement un trousseau de clefs et un pistolet d'alarme. Cela fait, ils le ficelèrent soigneusement, pénétrèrent dans la villa, bâillonnèrent et ficelèrent également sa femme, et se mirent au travail.

A midi moins le quart, tout était presque déjà terminé. Bien entendu, il n'était pas question d'enfourner dans le camion, pour aussi gros qu'il fût, tout ce que contenait cette villa de trois étages, mais le vieux choisissait et leur indiquait ce qu'il fallait emporter et ce qu'il fallait laisser là. Il devait s'y connaître : il avait d'abord fait charger sur le camion les tapisseries et les tapis. Chacun d'eux représentait une petite fortune. Ensuite ç'avait été le tour des porcelaines précieuses et de l'argenterie, puis de l'un des deux pianos, — celui qui était complètement déglingué.

— Mais, *dottore* (1), dit l'un des jeunots, pourquoi qu'on emporte celui-là qui ne joue plus et qu'on laisse l'autre qui est bien plus grand, qui a un si joli son ?

— Parce que c'est comme ça, et pas autrement, dit ironiquement le vieux qu'il venait d'appeler *dottore*.

Puis il fit charger toute une collection de pistolets des XVIIe et XVIIIe siècles. Leur propriétaire devait être un « mordu », se dit le *dottore* en

(1) On sait qu'il est courant en Italie, spécialement dans les professions libérales, de se prévaloir du titre de *dottore* (docteur) — docteur en droit, ès lettres, ès sciences, etc. — ou de se le laisser donner sans même posséder le moindre diplôme universitaire. (N. d. T.)

les examinant. Ils étaient tous authentiques, et il y en avait presque une centaine. De toute évidence, ce genre de marchandise — les pistolets et le reste — ne pouvait absolument pas s'écouler en Italie et, bien sûr, le *dottore* n'avait jamais pensé à le faire. Il avait déjà des acquéreurs qui l'attendaient en Corse et qui, de là, auraient emporté tout cela où ils voulaient. Pour livrer cette marchandise en Corse, c'était tout simple : ils allaient gagner la Toscane, avec le gros camion bourré de meubles anciens et d'objets précieux de toute sorte, et suivre la côte de la mer Tyrrhénienne jusqu'à un petit port qu'on appelait La Californie et où, comme par hasard, ils trouveraient un yacht. Le type qui leur avait prêté le camion des *Déménagements Gassinelli* — maison évidemment fantôme — reprendrait alors son bien, avec deux beaux petits millions à la clef.

On était en novembre. Et le soleil, qui avait la pâle couleur du vin blanc sec, ne réchauffait absolument pas, mais donnait tout de même un reflet doré, une délicate teinte d'or, à tout ce qu'il touchait. Il faisait froid — au point que l'haleine des « déménageurs » se condensait en buée, — et le froid ouvrait si bien l'appétit, que les jeunots s'étaient déjà rendus deux fois à la cuisine pour en vider le réfrigérateur.

Mais l'un d'eux, Giannetto, n'avait pas faim : il pensait à la femme du gardien, une bien belle femme, qui était ficelée là-bas dans la cave et, une fois décrochée la dernière tapisserie, il s'éloigna discrètement.

— Où vas-tu ? (C'était le *dottore* qui, quoique n'ayant pas de lunettes, avait le regard aussi perçant, aussi inquisiteur que s'il en avait portées, et qui voyait tout.) On n'a pas de temps à perdre, on est déjà en retard de onze minutes sur l'horaire prévu. File vite au salon, et dépêche-toi d'emballer les deux petites pendules que tu trouveras sur la grande table.

— Emballe-les donc toi-même, tes petites pendules.

Et Giannetto poursuivit sa route, mais la voix sèche du vieux l'immobilisa de nouveau.

— Essaie voir de faire un pas de plus, et je te descends, dit le *dottore*.

Mais il ne le fit pas. Il se tourna lentement et, ainsi que Giannetto l'avait prévu, il tenait en main ce beau gros revolver qui, chaque fois qu'on appuyait sur sa détente, crachait quatre pruneaux : pas besoin de viser avec un engin pareil. Un jour ou l'autre, il le lui piquerait, lui, Giannetto. Les deux autres jeunots suivaient la scène en silence.

L'un d'eux dit enfin :

— Le *dottore* a raison. Grouillons-nous ; sans ça, ils finiront par nous tomber sur le paletot.

Puis il jeta un coup d'œil vers le bout de l'avenue bordée d'arbres, longue de trois cents mètres, et qui menait à la grille, laquelle donnait sur un canal. Le camion était caché par les arbres, comme ils l'étaient eux-mêmes, mais il y a toujours quelqu'un pour voir ce qu'il ne faudrait pas voir. Et puis il pouvait même arriver un fournisseur, un ouvrier ou le facteur, et il faudrait aller leur ouvrir pour ne pas leur mettre la puce à l'oreille.

— Ne joue donc pas les comiques, *dottore*. Tu sais bien que tu ne peux pas tirer, car, si tu le faisais, on t'entendrait jusqu'à Padoue, dit Giannetto, insultant.

Là-dessus, il se dirigea vers la villa ; mais cette fois la voix du *dottore* ne l'arrêta pas et, moins encore, les coups de pistolet, car, bien sûr, le *dottore* ne tira point. Et Giannetto ne tarda pas à déboucher dans la cave où le gardien et sa femme étaient enfermés.

Ils étaient ficelés avec du fil de cuivre trouvé derrière la villa, dans le garage qui servait aussi de remise pour les outils et le petit matériel. Ils avaient un mouchoir dans la bouche, laquelle était fermée par un gros morceau de ruban adhésif. L'homme était attaché à une conduite d'eau au moyen du fil de cuivre ; et sa jeune femme l'était de même, au même tuyau, mais à un mètre de lui. Ils étaient tous deux assis par terre, le dos appuyé au mur, dans les ténèbres. Et, quand Giannetto alluma l'électricité, leurs yeux cillèrent.

Giannetto regarda ironiquement le gardien qui le dévisageait, les yeux brillants de haine.

— Tiens-toi peinard, je te ferai rien.

Puis il regarda la jeune femme.

Il s'agenouilla alors près d'elle et examina le fil de cuivre qui lui entourait les jambes. Bien que l'ampoule électrique n'éclairât pas beaucoup ce coin de la cave, le cuivre tout neuf étincelait tout autour des jambes de la jeune femme et de son corps qu'il enserrait jusqu'à la poitrine, en une succession de spirales minces, mais fort résistantes.

Dès le premier coup d'œil, Giannetto se rendit compte que ce ne serait pas un petit travail que d'ôter ce fil de cuivre. Le dernier nœud avait été fait, et très serré, à l'aide d'une pince plate, puis plié et replié plusieurs fois sur lui-même, toujours au moyen de ladite pince. Il aurait mieux valu remonter et aller au garage pour y prendre cette fameuse pince ou bien une cisaille, mais cela ne lui disait rien : le *dottore* aurait pu le voir et le rappeler. Il essaya durant un moment, avec ses seules mains, de tordre le dernier nœud afin de le défaire, mais le cuivre est un métal résistant et un nœud de cuivre, un nœud solide et qu'on ne peut défaire qu'avec des outils appropriés. Giannetto ne parvint seulement qu'à se blesser et n'abandonna son travail que lorsqu'il eut les mains barbouillées de sang. Le gardien et sa jeune femme le regardaient forcément en silence, à cause de leur bâillon, mais d'un œil où se lisaient la colère, le mépris, l'aversion. Alors Giannetto se nettoya les mains en les frottant sur l'abondante chevelure noire du gardien.

— T'inquiète pas, gardien de mon cœur, j'ai même pas besoin de la déficeler, ta petite femme. (Et, commençant de déchirer les vêtements de la jeune femme en les tirant par-dessous les fils de cuivre, il continua de le faire jusqu'à ce qu'enfin la chair apparaisse.) Et regardez-moi bien, tous les deux, pour affranchir la police et lui dire comment je suis fait. Ils en feront leurs choux gras, de mon portrait-robot.

A midi dix-neuf, le *dottore* dit aux jeunots que ça suffisait comme cela, que le camion était bourré et qu'il n'était même plus possible d'y glisser une tabatière — fût-ce celle du pauvre Louis XVI, — puisque aussi bien deux d'entre eux devaient également pouvoir y tenir à l'aise, vu que la route était longue.

— Avez-vous vu Giannetto ? demanda-t-il d'une voix tout à fait normale.

De fait, il dominait parfaitement la colère qui l'avait envahi lorsque Giannetto s'était dirigé vers la cave, — bien qu'il l'eût, lui, menacé de sa mitraillette de poche. Giannetto devait sûrement être encore à la cave.

Il y était bel et bien ; mais il avait la nuque à demi défoncée. Le gardien et sa femme étaient toujours ficelés.

Le *dottore* devina immédiatement ce qui s'était passé. Le gardien, quoique étroitement ficelé, pouvait tout de même manœuvrer ses deux pieds liés ensemble ; et, tandis que Giannetto s'occupait de sa femme, il avait levé les deux pieds, chaussés de solides brodequins de campagne — car il faisait aussi office de jardinier, — et lui en avait asséné un terrible coup sur la nuque. Du reste, les pieds du gardien reposaient encore sur les épaules de Giannetto, et l'on voyait fort bien les durs talons ferrés de ses chaussures encore tout humides de sang. La chose avait dû se passer moins de deux minutes plus tôt.

— Je le lui avais pourtant bien dit qu'il n'y avait pas de temps à perdre..., dit le *dottore*.

Maintenant le camion était plein ; Giannetto, qui l'avait vu, lui, le *dottore,* se « dégonfler », était mort ; et ça faisait une part en moins à donner : au lieu de diviser par quatre, on ne diviserait plus que par trois.

— Mais qu'est-ce qui s'est donc passé, *dottore* ? demanda l'un des jeunots.

— Tu n'as pas encore compris ? Pendant qu'il faisait le joli cœur avec la femme, le mari, lui, bien que ficelé comme un saucisson, pouvait toujours lever les pieds, et il l'a fait : regarde un peu les talons de ses chaussures, expliqua le *dottore.*

L'autre jeunot, qui s'était agenouillé pour mieux regarder Giannetto dont la tête reposait sur l'épaule de la femme, l'autre jeunot bondit brusquement sur ses pieds :

— Mais il est vivant, *dottore !* Il m'a regardé ; il a remué les paupières !...

Le *dottore* s'agenouilla à son tour, et Giannetto remua de nouveau les paupières et le regarda aussi. Il ne pouvait pas parler, une écume rosâtre lui coulait des coins de la bouche, mais il vivait encore, — pas pour longtemps, bien sûr, mais il vivait tout de même. Cela posait un problème d'importance, et le *dottore* devait le résoudre sur-le-champ : ils n'avaient déjà perdu que trop de temps.

— Sortez-le de cette cave, dit-il.

Il espérait bien qu'avec sa nuque défoncée, Giannetto serait mort durant qu'on le transportait de la cave au jardin, car, dans son état, le moindre mouvement pouvait lui être fatal. Mais il continua de vivre.

— Prenez une couverture roulez-le dedans, dit le *dottore*. Si la police nous arrête, il faut qu'elle le prenne pour un tapis ou quelque chose comme ça.

Ils le roulèrent dans une couverture, l'allongèrent dans le camion ; et l'un des deux jeunots, Luigi, s'installa près de lui, non sans une certaine répugnance, car les yeux de Giannetto ne cessaient de le fixer.

La villa fut soigneusement refermée, et toute

trace de désordre, effacée, — du moins quant à l'extérieur. Puis, les deux gardiens abandonnés à leur triste sort, l'autre jeunot — il se nommait Tito — se mit au volant ; et le *dottore,* allumant une cigarette, prit place à ses côtés. Le camion s'engagea alors dans l'avenue qui menait à la grille, l'atteignit tranquillement en ronronnant comme un gros chat, et stoppa. Tito descendit, ouvrit la grille, reprit le volant, franchit ladite grille, tourna sur la petite route en direction du sud, quitta de nouveau son siège, referma la grille et, selon les instructions du *dottore,* jeta les clefs dans le canal. Puis il regagna sa place et démarra pour de bon. Il était midi trente-trois : en quatre heures et trente-trois minutes, il avaient vidé la villa Picena de tout ce qu'elle contenait de plus précieux. Ce qu'ils y avaient laissé, quoique de valeur, n'était en comparaison que de la pacotille : le *dottore* avait eu un père, comme tout le monde, lequel était antiquaire et lui avait appris dans son magasin à reconnaître le vrai du faux. Dommage que ledit père ait eu, en même temps que le goût de truquer objets d'art et meubles anciens, celui des chèques sans provision, car, sans cela, nul doute qu'il ne fût devenu, lui aussi, un antiquaire honnête et fort à son aise.

Cependant qu'il pensait à tout cela, tandis que le camion, longeant le canal, suivait la route déserte — c'était l'heure du déjeuner, — le *dottore* se souvint brusquement de Giannetto et, soulevant la bâche, il demanda au jeunot qui se tenait près du blessé :

— Toujours en vie ?

— Oui, dit Luigi.

Incroyable ! Mais, de toute façon, Giannetto n'en avait plus pour bien longtemps maintenant.

— Dès que ce sera fini, fais-moi signe.

— Entendu, *dottore,* répondit Luigi, du ton de quelqu'un qui en a par-dessus la tête. « Mais pourquoi qu'on l'emmène avec nous ? Il me fiche la frousse, il n'arrête pas de me regarder. »

— Où voulais-tu qu'on le laisse ? dit le *dottore*. Dans la villa, avec les gardiens ? Pour qu'on nous pique en fin de soirée, hein ?

— Mais là, comme ça, dans le camion, il est encore plus dangereux, dit Luigi.

— Penses-tu ! On dirait un tapis, je te l'ai déjà dit. Et puis il ne va pas toujours rester dans le camion. Dès qu'il sera mort, on le déchargera dans un petit coin tranquille.

Il était bien possible que Giannetto entendit tout cela. S'il y voyait encore et s'il remuait les paupières, il devait sûrement entendre aussi ; mais le *dottore* n'en avait cure.

— Fais-moi signe dès que ce sera fini.

Tito, inquiet, intervint tout en conduisant :

— Mais il peut durer encore longtemps.

— Je ne pense pas ; il ne peut guère durer plus d'une demi-heure. Il devrait déjà être dans le coma.

— Oui, mais s'il dure, toute la journée, toute la nuit ? Qu'est-ce qu'on fera, alors ? insista Tito.

— Eh bien, on avisera, dit le *dottore*.

Les routes sont nombreuses qui, de Padoue, mènent à la côte toscane et à la mer Tyrrhénienne. La plus directe et la meilleure est naturellement celle qui passe par Rovigo, Ferrare et Florence ; mais le *dottore* n'avait jamais pensé à prendre la route la plus directe et la meilleure, lui préférant de beaucoup celle qui, quitte à être la plus longue et la moins bonne, pouvait le mieux égarer la police. Aussi demanda-t-il à Tito de mettre le cap sur Mantoue.

— Pourquoi ? On va donc pas à Cecina ? s'étonna le jeunot.

— Si, dit le *dottore*. Et cette route-là, celle qui passe par Mantoue, c'est la plus longue pour aller à Cecina.

Les gardiens de la villa Picena finiraient bien par être libérés ; et, dans ce cas, ils diraient sûrement à la police tout ce qu'ils savaient, si bien que celle-ci ne tarderait pas à apprendre qu'un camion comme ça et comme ça avait pris la route de Mantoue. Donc, s'il se trouvait sur cette route-là, cela voulait dire qu'il se dirigeait vers Milan, ou vers Turin, ou vers Gênes.

Mais, une fois à Mantoue, le *dottore* dit à Tito de rouler vers le sud :

— On va à Parme.

Ils y arrivèrent un peu après quatre heures de l'après-midi, prirent l'avenue des Partisans, puis, celle des Martyrs de la Liberté, dépassèrent la place de Marsala et gagnèrent enfin la grand-route qui menait à la Cisa (1).

— Je mangerais volontiers quelque chose, dit Tito.

Ils avaient bien vidé le réfrigérateur de la villa Picena, mais il était maintenant quatre heures pas

(1) La Cisa : montagne et col des Appenins, à la limite de la province de Parme et de l'extrême nord de la Toscane. (N. d. T.)

sées. En novembre et à cette heure-là, il faisait presque nuit, et quelques voitures avaient même allumé leurs phares.

Le *dottore* acquiesça : oui, d'accord, ils allaient manger quelque chose. Puis il se retourna, souleva la bâche et demanda :

— Il est mort ?

— Non, dit Luigi.

Giannetto, dans sa couverture pareille à un tapis roulé, Giannetto le regardait et remuait les lèvres. On aurait dit qu'il voulait lui parler, mais il n'y parvenait pas.

Ils aperçurent bientôt au loin l'enseigne lumineuse d'un restaurant, sur un côté duquel étaient arrêtés trois gros camions avec leurs remorques. Mais le *dottore* ne donna l'ordre de stopper que lorsqu'ils l'eurent dépassé d'une centaine de mètres : avec un mourant qui pouvait se mettre à gémir d'un moment à l'autre, c'était plus prudent. Puis il envoya Tito acheter des sandwiches et des bouteilles de bière. Quand ils redémarrèrent, la nuit était complètement tombée.

— Il est mort ? demanda de nouveau le *dottore*.

— Je sais pas. On n'y voit plus rien, et je veux pas le toucher, dit Luigi, sur le point de vomir le sandwich qu'il venait tout juste de manger.

Le *dottore* ouvrit la boîte à gants, en tira une torche électrique, l'alluma et la lui tendit :

— Regarde voir.

— Il vit toujours, dit Luigi, l'estomac tout gargouillant.

Oui, Giannetto vivait encore. Et, dans le bref faisceau lumineux de la torche, battant des paupières et remuant les lèvres, il avait désespérément fixé Luigi.

Le camion atteignit Fornovo di Taro, et commença de gravir les pentes de la Cisa.

La Cisa, se disait le *dottore* — tandis que le camion poursuivait son ascension, — la Cisa n'est pas tellement terrible, elle dépasse à peine les 1 000 mètres ; mais elle a tout de même le côté sauvage des grandes montagnes, avec des virages qui singent assez bien ceux de la grand-route du Splügen (1), et puis il y fait presque toujours mauvais temps.

De fait, la pluie commença de tomber, de plus en plus drue, dès qu'ils eurent laissé Fornovo derrière eux.

Cela étant, la Cisa n'en présentait pas moins deux avantages fort appréciables pour eux : elle était constamment sillonnée de camions, même au plein de l'hiver, et le leur se perdrait dans le tas ; de plus, on était assuré d'y rencontrer la police de la route. Le *dottore* s'était renseigné à ce propos, alors qu'il préparait le coup, et il avait appris qu'il s'y trouvait toujours au moins deux couples de motards, lesquels faisaient office de chiens de berger pour les camions qui passaient par là. Oui, deux couples qui patrouillaient, l'un sur le versant qui donnait du côté de Parme, l'autre, sur celui qui menait à Sarzana.

Ce n'était pas que le *dottore* aimât particu-

(1) Col alpin — 2 117 m — par où l'on passe, de la province de Côme, dans le canton suisse des Grisons. (N. d. T.)

lièrement la police de la route. Non, mais, en l'occurrence, elle pouvait sûrement lui être utile. Seulement, il lui fallait d'abord s'occuper de Giannetto, car, si les motards venaient à le trouver, mourant, dans le camion, il aurait été bougrement difficile de s'expliquer avec eux.

Mais, bien sûr ils ne le trouveraient pas.

— Tito, arrête-toi, dans ce renfoncement, dit le *dottore*.

Ils étaient maintenant à mi-chemin de la première rampe, celle qui aboutissait à Poggio di Berceto. Les phares du camion illuminaient des ténèbres pluvieuses et gluantes ; et, pour l'instant, aucun autre véhicule automobile ne les suivait ni n'approchait, venant de l'autre bout de la route. Au reste, il n'y avait rien d'extraordinaire à ce qu'un camion s'arrêtât un moment : beaucoup le faisaient tout au long de leur parcours, et à n'importe quelle heure, afin de permettre aux routiers de dormir un peu.

— Reste au volant, dit le *dottore* à Tito. Luigi et moi, on va s'occuper de Giannetto.

Et ils firent comme il venait de dire. Un sentier très raide, présentement fangeux, s'amorçait au bord de la route, descendant jusqu'au Taro (1) qu'on entendait gronder, tout glonflé d'eau de pluie. Tenant à eux deux Giannetto enroulé dans sa couverture, Luigi et le *dottore* s'engagèrent prudemment dans le sentier, à la lueur de la torche électrique, glissant à chaque pas, se raccrochant

(1) Affluent du Pô, qui traverse toute la province de Parme. (N. d. T.)

tant bien que mal à des branches fort épineuses. Enfin le *dottore* s'arrêta :

— Ici, dit-il.

Ils déposèrent alors Giannetto au-delà du sentier, parmi les ronces ; et le *dottore* le regarda, en s'aidant de la torche. Giannetto avait les yeux fermés, mais n'était toujours pas mort : il remuait encore les lèvres. Cela lui avait coûté cher, très cher, de violenter la femme du gardien, pensa le *dottore*.

— Luigi, aide-moi à le sortir de sa couverture et à lui ôter sa combinaison, dit-il.

Quand ce fut fait, Giannetto leur apparut revêtu de ce même smoking qu'ils portaient tous quatre sous leur combinaison. Lorsqu'on doit se rendre sur un yacht pour une soirée mondaine, il va de soi que le smoking est de rigueur : une fois atteint le petit port où se trouvait ce bateau de plaisance où on les attendait, et après s'être débarrassés de leur combinaison dans le camion, ils seraient aussitôt montés à bord, accueillis comme des hôtes de marque tant par le propriétaire du yacht que par sa femme. Qui aurait jamais pu imaginer que ces élégants gentlemen venaient de dévaliser, il y avait à peine quelques heures, l'une des plus somptueuses villas de la Vénétie ?

Couché sur le ventre comme il l'était, Giannetto souilla naturellement, et fort abondamment, la blancheur immaculée de sa chemise de soirée, son beau smoking trempant entièrement dans la boue. Mais, telle quelle, son élégante tenue lui donnait tout de même encore un certain air de distinction. Oui, l'air d'un « monsieur », d'un vrai « monsieur », qui ne voulait pas mourir puisque, bien qu'ayant le visage dans la fange, il ne cessait de répéter, sans qu'on l'entende vraiment :

— Assassins, assassins, assassins, !

— Mais il vit encore ! s'exclama Luigi, bouleversé.

— Oui, il est encore vivant, confirma le *dottore*.

— Alors, dit Luigi d'une voix rauque, vaut mieux l'achever : on ne peut pas le laisser ici vivant.

— Tue-le si tu veux, dit froidement le *dottore*. Moi, je ne suis pas un assassin, rien qu'un simple voleur. S'il te fait tellement pitié, il te suffit de lui donner un autre coup de pied dans la nuque, et il aura fini de souffrir.

— Ne parle pas comme ça, salaud !

Et Luigi leva le poing, comme pour en frapper le *dottore*.

— Maintenant, si tu te sens l'âme d'un saint, dit celui-ci, tu es libre de le charger sur ton dos, de le remonter sur la route, d'arrêter la première voiture qui passera et de l'emmener à l'hôpital. Personne ne t'empêchera de le faire. Mais, Tito et moi, on te plaque, on poursuit notre voyage, car on n'est pas des saints, nous autres.

Luigi baissa le poing. Il n'y avait rien à faire, et le *dottore* le lui avait bien fait comprendre. Ils regagnèrent la route et remontèrent dans le camion qui démarra aussitôt. A présent, Luigi avait plus de place et, s'appuyant aux rouleaux de tapis et de tapisseries, il parvint à s'endormir. Il ne se réveilla que lorsque le camion stoppa ; et, en soulevant un peu la bâche, il comprit pourquoi on venait de s'arrêter : c'était la police de la route. Il sauta alors à bas du camion, prêt à filer si les choses tournaient mal ; le *dottore* et Tito étaient également descendus. Tito avait remis les papiers du camion à l'un des deux motards, lequel, insensible à la pluie, les examinait scrupuleusemnt. Ils étaient en règle, et il les leur rendit.

— Qu'est-ce que vous transportez ? demanda le second motard.

Le *dottore* intervint, tendant un feuillet de papier tout de suite mouillé de pluie :

— C'est un déménagement. Des gens qui vont s'installer à La Spezia, des gens riches.

Le second motard lut attentivement le document qui portait, avec le détail des marchandises transportées, le cachet des contributions directes témoignant qu'il ne s'agissait seulement là que de mobilier d'occasion. Un faux parfaitement imité.

Mais les deux motards voulurent tout de même jeter un coup d'œil à l'intérieur du camion. L'un d'eux y monta avec une torche électrique, et regarda bien tout. Non point qu'il voulût ôter le pain de la bouche à ses collègues du service des fraudes, mais tout bonnement parce qu'il ne voulait pas qu'on se paie sa tête, ainsi que les routiers avaient un peu trop tendance à le faire. Il y avait bien quelques taches de sang sur le plancher, mais le sang devient tout de suite noir, surtout à la lumière artificielle ; et le motard n'y prêta guère attention. Il descendit, et leur fit signe qu'ils pouvaient rouler.

Le *dottore* et les deux jeunots démarrèrent, rassurés : s'ils avaient pu passer au travers des maillles de la police de la route sur ce versant-ci de la Cisa, ils s'en tireraient vraisemblablement aussi, après en avoir franchi le col, sur le versant qui menait à Sarzana. En tout cas, ils avaient bon espoir.

Et, de fait, ils s'en tirèrent encore : ils furent de nouveau arrêtés par le disque lumineux de la police de la route ; et un motard monta derechef dans le camion. Mais un piano déglingué, des tapis empestant l'antimite, des vases grands comme un homme et quelque peu ébréchés n'étaient point de nature à éveiller les soupçons. Ils repartirent donc avec la bénédiction des motards, et allumèrent alors la première cigarette qu'ils pouvaient enfin fumer en toute quiétude. Maintenant ils étaient parés.

Ils s'arrêtèrent un moment à Pontremoli pour boire et pour manger des sandwiches. Il n'était pas loin de huit heures. Une fois franchi le col de la Cisa, la pluie avait diminué d'intensité, comme aussi le trafic général. Celui des camions allait reprendre vers minuit, mais, à cette heure-là, ils seraient sûrement arrivés à destination. Et ils y arrivèrent en effet : Sarzana, Viareggio, Pise, Livourne et Cecina. Ils avaient une heure et demie de retard sur l'horaire préétabli par le *dottore,* mais le yacht les aurait même attendus trois heures. Ils traversèrent Cecina, suivirent la grand-route en direction du sud durant quelques kilomètres, puis tournèrent à droite, à la hauteur de Bibbona, et débouchèrent presque immédiatement sur le petit port. A vrai dire, La Californie n'était même pas un petit port : c'était tout simplement une plage qu'on avait quelque peu creusée en un certain endroit, afin de pouvoir y accueillir des yachts de moyen tonnage.

Et le yacht était bien là ; deux petites lanternes

bleues leur permirent de le repérer. Ils étaient à peine arrivés que, dans l'ombre pluvieuse, une demi-douzaine de matelots descendirent en hâte de la passerelle déjà baissée : c'étaient eux qui devaient charger la marchandise sur le yacht. Et puis il y avait aussi le gars du camion ; il les rejoignit le premier.

— Tout est prêt, dit-il. On va charger, ça ne prendra guère plus d'une heure et demie.

— Parfait ! dit le *dottore*.

Puis il commença d'ôter sa combinaison en remontant dans le camion. Tito et Luigi firent de même. Quand ils se retrouvèrent tous trois en smoking, ayant au surplus chaussé des escarpins, ils franchirent rapidement la passerelle avec l'aide d'un matelot, car la mer était passablement houleuse, et prirent pied sur le pont du yacht. Le *dottore* serra la main d'un grand monsieur maigre, et dit négligemment :

— Le camion est bourré à craquer.

— Compliments !... Tu veux peut-être te reposer un peu, dit le monsieur. Venez aussi, jeunes gens, pendant que les matelots chargent : des beautés exotiques et italiennes vous attendent.

Tout allait on ne peut mieux, trop bien même. Et il semblait incroyable qu'il y ait encore tant de soleil à Monaco vers la fin de novembre et qu'on y puisse rester assis à la terrasse des cafés en petit pull de coton aux couleurs éclatantes, avec tous ces millions sur soi. Cela ne paraissait point incroyable au *dottore,* mais seulement aux deux jeunots. La somme la plus importante qu'ils avaient jamais possédée, à la suite du cambriolage d'un bureau de tabac, s'était montée à trois cent mille lires. Ils avaient maintenant chacun dix millions de ces mêmes lires dissimulés dans une ceinture de laine qui leur serrait le ventre, et ils ne se sentaient pas tellement à leur aise.

Mais comme les journaux italiens arrivaient jusqu'à Monaco, et qu'ils n'avaient rien de mieux à faire, ils les lisaient. Et au lendemain de leur arrivée, ils y lurent ceci : *Un chien découvre sur la Cisa un homme en smoking grièvement blessé à la tête.* Un sous-titre précisait : *Bien qu'il soit dépourvu de toute pièce d'identité, les médecins n'ont pas encore permis à la police de l'interroger.* Le jour d'après, le *dottore* et les deux jeunots lurent encore ce qui suit, qui leur parut plus rassurant : *L'inconnu de la Cisa, à toute extrémité, n'a rien pu révéler de sa tragique et mystérieuse aventure.*

Le fait que Giannetto ne fût point encore mort était proprement impensable, effrayant aussi. Mais quelque chose les épouvantait bien davantage, et c'était que, si les médecins parvenaient à lui redonner un semblant d'énergie rien que pour cinq minutes, avant qu'il ne meure, Giannetto aurait sûrement tout dit, car il savait tout : les noms, prénoms et adresses de tout un chacun, même ceux du type qui leur avait loué les smokings. Dans ce cas, il ne leur resterait plus qu'à se commander trois tenues de forçats sur mesure, s'ils désiraient absolument demeurer élégants même au bagne.

Le lendemain fut encore plus terrible. Plus du tout de nouvelles sur le moribond de la Cisa. Par contre, les journaux continuaient de parler du cambriolage de la villa Picena, mais en lui accordant de moins en moins de place. Les gardiens avaient donné beaucoup de détails, mais l'on devinait que la police ne savait encore trop quoi faire.

A présent, ils ne vivaient plus que de journaux italiens et de roulette. L'angoisse leur gâchait le plaisir d'avoir réussi leur coup : il suffisait que Giannetto parle, aussi peu que ce soit, pour que l'Interpol au grand complet se lance à leurs trousses et leur mette la main au collet dans la demi-heure.

Le quatrième jour, les journaux italiens leur apprirent cette inquiétante nouvelle : *Après la crise de la nuit de jeudi, les médecins ne désespèrent pas de sauver l'inconnu de la Cisa. La police pense pouvoir l'interroger dès ce soir.*

En lisant cela, dans la somptueuse chambre d'un palace proche du casino, ils se sentirent brusquement la gorge sèche.

— Il faut faire quelque chose, dit Tito. On peut tout de même pas rester ici à attendre qu'ils viennent nous piquer. Si Giannetto parle, il leur dira tout de suite qu'on est en France ou à Monaco et qu'on avait prévu d'y rester deux ou trois mois, en attendant que les choses se tassent. Le mieux, c'est encore de filer en vitesse dans un autre pays.

— Tais-toi donc, crétin, dit le *dottore*. Si Giannetto parle ils nous retrouveront aussi bien ici qu'au fin fond de la Turquie. Notre seule chance de salut, c'est de rester ensemble, ici à Monaco, en tâchant de ne pas trop nous faire remarquer. N'allez pas non plus trop souvent au casino, évitez d'y jeter l'argent par les fenêtres, et attendons.

Ils attendirent. Les journaux italiens du matin demeuraient muets, mais le *Corriere d'Informazione*, qui arriva en fin d'après-midi, disait, lui : *Les médecins ont enfin autorisé la police à interroger l'homme au smoking, en présence du procureur de la République.*

Alors Tito n'y tint plus :

— Et maintenant qu'est-ce que tu vas faire, Superman ? A cette heure-ci, Giannetto doit avoir déjà parlé, et peut-être bien que les beaux grands gendarmes de Monaco ne vont pas tarder à frapper à notre porte. Moi, je file : je tiens pas à me faire piquer ici comme un rat dans une souricière.

— Tenez-vous tranquilles, connards ! Et, ce disant, le *dottore* brandit son beau gros revolver. « Se faire prendre ici, dans cet hôtel quatre étoiles, ça vaut tout de même mieux que de se faire piquer en essayant de filer au travers des collinettes de cette principauté. Si Giannetto a parlé, tout est fichu : rideau ! Mais, si vous voulez filer, rendez-moi d'abord l'argent. Je ne tiens pas à ce que le premier flic venu vous pique avec toute cette galette sur vous. »

Le lendemain matin, très tôt, ils se rendirent ensemble à la gare pour y acheter les journaux italiens dès leur arrivée, — car pas plus la radio que la télévision ne leur avaient rien appris de neuf. Il faisait soleil ; mais il commençait tout de même à faire un peu froid, malgré le doux climat de Monaco.

Le *Corriere della Sera* annonçait ce qui suit, en page 9 : *L'homme en smoking est mort dès le début de l'interrogatoire. Il n'a seulement pro-*

noncé que ces deux mots : « Des assassins ». Rien de plus. L'enquête continue.

Et elle continuerait encore longtemps désormais, se dit Tito, en se tournant, soulagé, vers le *dottore*. C'était comme ça : le *dottore* avait toujours raison. Tito et Luigi le regardèrent avec admiration : il avait été le seul à ne point s'affoler, à garder son sang-froid jusqu'au bout. Eh oui ! mais c'était le *dottore*.

(Titre original : *L'uomo che non volera morire.*)

UN CHAPEAU DE PAILLE ROUGE

La guinguette somnolait au bord de la rivière. Sous un frêle toit de roseaux — au travers duquel fusaient de longs rais de lumière, — se voyaient trois longues tables grossières. Et le vieux monsieur était assis à l'une d'elle, mais il n'était pas vrai qu'il somnolât aussi. Non, c'était seulement sa façon d'être, de vivre maintenant : devant un verre de vin, l'esprit engourdi, — et qui ne fonctionnait plus, comme jadis, quand les idées et les songes s'y bousculaient.

Mais, de temps en temps, son cerveau, quoique coincé et grinçant, se remettait en marche tant bien que mal. Et le vieux monsieur pensa brusquement aux deux jeunes gens, aux fiancés. Il se demanda où ils pouvaient bien être allés, et il regarda, l'œil vague, la voiture qui les avait amenés là, tous trois, au bord de la rivière. Et il se dit qu'au lieu de les surveiller, de leur servir de chaperon, comme il l'aurait dû faire, il avait fermé les yeux aussitôt après s'être empiffré de friture, et qu'ils en avaient profité pour lui fausser compagnie. Alors il se leva et, pour faire son devoir, partit à leur recherche, accompagné d'un essaim de papillons printaniers. Il atteignit bientôt le bout du sentier où il s'était engagé ou, plutôt, l'endroit où celui-ci piquait abruptement du nez vers la rivière, en une descente de plusieurs mètres où son âge lui interdisait matériellement de se risquer. Et ce fut alors qu'il aperçut les fiancés, tout en bas, dans une anfractuosité, à demi cachés par un petit arbre, la longue jambe blanche, surtout, de sa petite-fille, qui émergeait d'un bouillonnement de dentelles blanches.

Le vieux monsieur, le chaperon, s'immobilisa, et son cerveau lui souffla, en grinçant, que, s'il avait crié, il aurait pu les empêcher de faire une bêtise ; mais le chapeau de paille rouge de sa petite-fille, posé tout au bord de l'eau, l'attendrit. Peut-être bien que lui aussi, dans son jeune temps, avait été avec une fille au chapeau de paille rouge, ou peut-être était-il tout simplement un vieil imbécile incapable de faire quoi que ce soit et d'alerter, de retenir, ces deux malheureux enfants. Fatigué, il regagna silencieusement la guinguette en faisant mine de n'avoir rien vu.

(Titre original : *Un cappelo di baglia rosso.*)

A L'HEURE AU BUREAU

Elle avait pris le volant à l'entrée de l'autoroute de Florence parce que Carpuccio n'en pouvait plus. Et, dans l'aube pluvieuse de ce lundi-là, elle roulait vers Milan à cent soixante-dix de moyenne : si elle parvenait à tenir cette allure, elle arriverait à l'heure au bureau, — comme toujours. Elle ne répondait même pas à Carpuccio qui, à demi endormi auprès d'elle, lui parlait d'une voix somnolente :

— Ton père est un vieil imbécile ; et je n'épouserai jamais une fille affligée d'un père pareil. Voilà qu'il s'est mis dans la tête de te faire travailler, maintenant... Ça tourne à l'idée fixe...

Eh oui ! Ça tournait peut-être à l'idée fixe, se disait-elle avec un petit sourire, tout en conduisant. Au bureau, tout le monde était gentil avec elle, bien respectueux, obséquieux même, parce qu'elle était la fille du *Dottore* (1), avec un grand D, mais personne ne la prenait au sérieux. On voyait bien qu'ils se demandaient tous : « Mais pourquoi vient-elle donc faire joujou au bureau, celle-là, avec tous les milliards qu'a son père ? » Et ils n'étaient pas contents, pas contents du tout, de la voir arriver chaque matin, incroyablement ponctuelle, et se mettre à travailler, à travailler vraiment, comme les autres, puis partir la dernière. Bien sûr, elle pouvait épouser Carpuccio tout de suite, au lieu d'attendre un an : l'idée lui en était venue la veille, quand, après avoir travaillé le samedi soir jusqu'à une heure fort avancée, elle était arrivée à Pise et qu'elle y avait assisté au mariage de Missi qui portait cette si magnifique robe blanche. Ça valait tout de même mieux que de travailler ; mais elle aimait son père ; oui, elle l'aimait et l'admirait, et elle faisait avec plaisir tout ce qu'il lui disait de faire : travailler, travailler dur, plus que les autres, et être à l'heure, à l'heueueueure !

— Hé ! fillette, roule un peu moins vite, parce que, si on se fend le crâne en deux, personne ne voudra jamais croire que c'était parce que tu voulais être à l'heure au bureau..., dit Carpuccio, toujours à demi somnolent.

Et de fait, personne ne le crut : un hebdomadaire à fort tirage, qui publia la photographie de la voiture fracassée, écrivit dessous que l'héritière, autrement dit la fille unique du *Dottore,* revenait d'un mariage, à Pise, où elle avait beaucoup bu.

(Titre original : *Infatti nessuno lo credette.*)

(1) Voir note page 46. (N. d. T.)

UN VRAI PETIT ANGE

A douze ans on comprend désormais la vie. Et même le gros arbre de Noël, avec toutes ses petites lumières, ne l'étonnait plus du tout. Les paquets, gros ou petits, que l'on mettait dessous ne l'étonnaient pas davantage. D'autant qu'elle savait déjà ce qu'ils contenaient pour avoir, depuis une semaine, aidé maman à les préparer, comme elle l'avait fait au reste les autres années dès l'instant qu'elle avait su marcher. Et les surprises ne se renouvelaient guère, et cette bande de parents — toujours les mêmes — qui arrivaient pour Noël et déficelaient leurs paquets et s'embrassaient, la larme à l'œil... Fallait voir ! Et c'était elle qui était chargée de distribuer les paquets, si bien qu'elle les bécotait aussi.

— Ça c'est pour toi, dit-elle à tonton Mario, celui qui avait refilé à papa un chèque sans provision et avec qui il se disputait de loin en loin, jusqu'à en venir aux mains. Et toc ! Le gros bisou de tonton Mario !

— Pour bon-papa Rodolfo.

Et elle tendit un paquet à celui qu'elle appelait « le beau-père à papa », le détestant aussi cordialement que le détestait son père. Et toc ! le gros bisou du vieux bonhomme !

— Voici pour toi.

Et elle remit aussi un paquet à une belle-sœur, celle qui avait épousé un frère de maman, — une bonne femme dont on entendait seulement dire à la maison qu'elle était la plus trompée d'Italie, mais ses parents disaient un autre mot que « trompée ».

— Pour toi, dit-elle à tata Sandrina, la fofolle — on disait qu'elle était tombée sur la tête toute petite, — ou l'idiote de la famille, à en croire papa.

Puis elle continua de distribuer les cadeaux à des petits cousins, de vrais bêtas — rien que des garçons —, tous barbants et mous comme des chiques. Ils lui cassaient un peu les pieds, tous ces parents-là.

— Cette petite est un ange, dirent lesdits parents en prenant congé à la fin du repas.

— Un ange, répétèrent tonton Mario Chèque Sans Provision, bon-papa Rodolfo si cordialement détesté, la belle-sœur trompée, la tata fofolle.

— Un vrai petit ange, dirent-ils, sincèrement attendris.

Ils le dirent presque tous. Sauf deux ou trois, parce qu'ils commençaient à ressentir les symptômes de l'empoisonnement. Quoique cet insecticide portât sur sa boîte une tête de mort et deux tibias en croix, ce n'était pas un poison bien terrible. Deux petits cousins, la belle-sœur trompée et la tante fofolle — qui le devint plus encore à cette occasion — en réchappèrent.

(Titre original : *L'angelo*.)

CE N'EST PAS PAR MÉCHANCETÉ

Sur le seuil, à l'instant de prendre congé, la grande femme maigre et nerveuse, serrée dans son manteau d'un vert criard, lui répéta une dernière fois ce qu'elle n'avait cessé de dire tout au long de sa visite :

— Vous comprenez, mademoiselle, ce n'est pas par méchanceté... Mais mon fils n'a pas encore vingt et un ans et votre sœur en a trente-huit, presque trente-neuf, autant dire quarante, et ils sont encore sortis ensemble aujourd'hui et mon fils m'a dit qu'il avait l'intention de l'épouser. Vous n'allez tout de même pas me dire que c'est sérieux..

Alors elle la rassura, lui dit qu'elle allait parler à sa sœur, qu'elle n'avait pas à s'inquiéter. Puis, durant tout l'après-midi, elle se mit à attendre. Mais, à l'heure du dîner, cette sœur de trente-huit ans, presque trente-neuf, autant dire quarante — comme disait la mère du garçon de vingt et un ans, — cette sœur n'était toujours pas là. Elle ne rentra seulement que vers dix heures du soir, le visage encore jeune, — peut-être même un peu plus jeune depuis qu'elle fréquentait ce garçon et qu'elle revenait chez elle après avoir passé la journée avec lui, sachant, bien sûr, qu'elle n'aurait pas dû le faire, mais cependant incapable de résister à l'attrait indiscutable qu'il exerçait sur elle et dont elle n'était point maîtresse.

— Oui, oui, dit-elle en ôtant son manteau de fourrure, je le sais bien, va, que sa mère est venue ici. Mais rassure-toi, c'est fini : je viens de le voir pour la dernière fois...

Mais sa sœur n'était pas tranquille. Elle la suivit dans la chambre, s'empara du sac que sa cadette venait de déposer sur le lit et, cette fois, y trouva vraiment ce qu'elle craignait déjà d'y trouver depuis pas mal de temps : plusieurs tubes de somnifère qu'elle prit aussitôt et garda dans sa main. Parce qu'elle aussi, vieille fille comme sa sœur, avait autrefois songé à faire ce que celle-ci voulait faire, par désespoir d'amour. Et ça n'en valait vraiment pas la peine.

— Nous coucherons dans le même lit pendant quelque temps, dit-elle, compatissante. Et puis ça te passera...

(Titre original : *Non per cattiveria.*)

LA FILLE AUX PISTOLETS

Béatrice Laederys descendait en ligne directe de ces Laederys qui, au XVIe siècle et en Italie, furent parmi les premiers à fabriquer des pistolets en tant qu'armuriers. Les premiers modèles de pistolets Laederys, comme au reste tous ceux de cette lointaine époque du début des armes à feu, présentaient de graves inconvénients. Une fois chargés — on les chargeait par le canon, — ils ne tiraient seulement qu'un coup et, quand, n'ayant point abattu son adversaire avec ce coup-là, on se mettait à les recharger, l'adversaire en question avait largement le temps de vous passer son épée au travers du corps.

Bien qu'ayant exercé la profession d'armuriers durant près de quatre siècles, les Laederys ne furent jamais vraiment réputés, car ils ne s'intéressèrent guère aux armes de luxe, aux fusils et pistolets ciselés, historiés ou décorés de miniatures dues à des artistes de renom. Par contre, on les appréciait fort pour le côté pratique et la perfection technique de leurs armes, quoique, esthétiquement parlant, celles-ci fussent assez grossières. Les soldats de fortune, les mercenaires, les généraux désireux de renouveler leur équipement se rendaient à Coni et s'y fournissaient en armes excellentes, toujours plus perfectionnées. Vers la fin du XIXe siècle, alors qu'ils mettaient déjà au point leur revolver à répétition, bien avant les Américains qui ne lancèrent leur Savage sur le marché qu'en 1908, les Laederys, se rendant compte que l'artisanat avait fait son temps, vendirent leur petite fabrique et se retirèrent à Dogliani. Ils y possédaient, avec des terres importantes, une très belle villa ancienne proche d'une petite rivière, la Rea, et passèrent là le plus clair de leur temps, à s'occuper desdites terres, à pêcher à la ligne et à aller à Coni ou à Turin en cabriolet.

La passion des armes à feu, pourtant, resta dans la lamille. Les Laederys n'en fabriquèrent plus, mais les collectionnèrent. Le troisième étage de leur villa constituait l'un des plus beaux musées d'armes privés d'Europe, constamment tenu à jour. Forts de ce sens pratique qui les avait toujours caractérisés depuis des dizaines de générations, les Laederys ne collectionnaient pas d'armes anciennes ou de luxe, mais bien des armes modernes, toujours les dernières-nées et les plus efficaces. André Laederys, le grand-père de Béatrice, avait jeté dès 1918 toutes les armes de la Première Guerre mondiale et, s'étant rendu aux Etats-Unis afin d'en acquérir de nouvelles, avait avoué non sans amertume à ses amis et connaissances que, s'il avait encore quelque chance de les voir utilisées lors de la Seconde Guerre mondiale, celles de la troisième lui demeureraient, hélas ! inconnues. De fait s'il eut le temps d'entendre parler des *Katiouschas* russes, des *Maschinen-pistolen* allemands, des V1 et des V2, il ignora irrémédiablement la bombe H.

Ayant grandi dans le sérail — sa nurse londonienne la menant, dès ses quatre ans et pour la faire se tenir tranquille, jouer dans le « musée » où elle piaillait de joie devant les revolvers et les fusils, — Béatrice Laederys, le goût des armes à feu dans le sang, tirait déjà à neuf ans avec de petits revolvers d'enfant, faisant mouche à tout coup, même d'une distance de vingt mètres. Son père lui apprit à tirer également de la main gauche et même avec deux revolvers à la fois ; il lui enseigna au surplus comment résister au recul des lourds fusils dont il l'obligeait à se servir. Enfin, comme si au lieu d'être une petite fille elle avait été une jeune recrue, il lui faisait démonter, pièce par pièce, chacune des armes employées, puis la nettoyer et la remonter soigneusement.

Tant et si bien, que quand Béatrice fut en âge de s'inscrire à un club de tir — c'était un petit polygone proche de Coni et qui datait encore de 1848, autant dire de l'année où Agostino Depretis (1) avait fondé la première société de tir du Piémont, — elle n'eut pas plus besoin d'y suivre de cours préparatoires que d'écouter les conseils et recommandations du moniteur. Elle empoigna

(1) Homme d'état italien, plusieurs fois ministre (1813-1887). (N. d. T.)

d'autorité un lourd Beretta Brigadier, et toucha la cible presque en son milieu. Puis elle tira de la main gauche et le résultat fut identique. Après quoi, elle prit un fusil, un Franchi automatique du poids de cinq kilos, et, cette fois, elle fit mouche.

Mais Béatrice ne s'intéressait pas seulement aux armes à feu. Elle était aussi portée sur la toilette et avait un faible pour les beaux garçons. Bien qu'elle fût toujours vêtue avec recherche, elle se rendait évidemment compte qu'elle n'était pas belle ; et c'était peu dire. En tant que femme de type franchement latin, elle était trop grande. Et puis, sans être vraiment grasse, elle était, hé ! oui ! elle était carrée. Seuls les raffinements sophistiqués des plus fameux couturiers, tant italiens que français, parvenaient à atténuer quelque peu ce qu'elle avait d'épais, de cubique.

C'était une célibataire endurcie. Bien sûr, elle aurait pu se marier quand elle l'aurait voulu : sa dot la rendant plus désirable encore que si elle avait été Miss Univers. Mais la seule idée de devoir vivre avec un homme qui l'aurait épousée comme l'on fait un coup en Bourse lui donnait des idées noires. Elle avait vingt-neuf ans et ne pensait même plus à se marier. Son père était mort il y avait cinq ans ; et elle était demeurée seule, sur ses terres, dans sa grande villa, avec son grand « musée » et beaucoup, beaucoup d'argent. Le testament de son père ne lui recommandait seulement que deux choses : 1) d'acheter des terres et de toujours agrandir leur domaine ; 2) d'acquérir sans cesse de nouvelles armes à feu et de se débarrasser des vieilles. *De nouvelles armes à feu, spécialement des revolvers,* y était-il spécifié, *étant donné que ceux-ci seront de jour en jour plus perfectionnés, et que notre musée ne doit point faire collection de vieilleries, mais bien de ce qu'il y a de meilleur et de plus moderne.*

Ce jour-là, elle prit sa Citroën et se rendit à Turin. Il faisait un peu chaud, bien qu'on ne fût encore qu'à fin mai. Et elle avait déjà mis une légère robe à fleurs, mais, en Piémontaise prévoyante qu'elle était, elle avait tout de même emporté — et c'était sur le siège arrière — sa fourrure sport de loutre beige.

Elle se rendait à Turin non seulement pour y faire quelques achats — dont celui d'un Hammerli Match Pistol, l'une des plus modernes, des plus redoutables *Maschinen-pistolen,* et qui coûtait la bagatelle de 320 dollars, — non seulement pour y déjeuner avec Righetto, une petite gouape romaine dont elle avait par hasard fait connaissance dans un bar, il y avait deux mois, mais aussi, et surtout, pour y aller voir son fils Ludovic, âgé de quatre ans, qu'elle confiait de temps en temps à un couple d'Anglais, vieux amis de son père, afin que l'enfant ne souffrît pas trop de la solitude campagnarde de la grande villa de Dogliani.

Car, quoique non mariée, Béatrice avait un fils. Elle était fille-mère ou, comme l'on dit pudiquement aujourd'hui, mère célibataire. Mais, cela aussi, elle l'avait voulu, parce qu'elle était la dernière des Laederys. Son père n'ayant point eu d'héritier mâle, la dynastie qui avait jeté quelque lustre sur la région de Coni s'éteignait avec elle.

Bravant ouvertement la morale bourgeoise, alors qu'elle attendait un enfant dont elle connaissait parfaitement le père, elle s'était dit que, si elle ne demandait pas à celui-ci de l'épouser, le petit Ludovic ne porterait seulement que son nom à elle, Laederys, de sorte qu'elle lui laisserait en héritage tout ce qu'elle possédait et qu'il relèverait ledit nom.

Arrivée à Turin à dix heures, elle alla aussitôt voir son fils. Elle lui avait apporté un *wigwam,* une tente d'Indien, avec un costume adéquat de grand chef, grandes plumes comprises. Et elle demeura deux bonnes heures avec lui, allant même jusqu'à coiffer lesdites plumes pour le faire rire.

Puis elle se précipita chez l'armurier, avant qu'il ne ferme. Malheureusement, l'Hammerli Match n'était pas encore arrivé.

— Mais voyez tout de même ce qu'on vient de me livrer, madame..., lui dit le marchand.

— C'est un Colt, dit Béatrice en jetant un coup d'œil sur le gros revolver qu'il lui tendait.

— Vous avez presque raison, madame. Cette arme ressemble en tout point à un Colt ancien modèle ; mais, et je vous en demande bien pardon, ce n'est pas un Colt : c'est un Dakota calibre 22. On l'a sorti en 64, mais nos bureaucrates n'en ont point alors autorisé la vente. Voyez, le haut du canon porte l'inscription : *Intercontinental arms Inc.* et, le côté gauche, ceci : *Dakota cal 22.* Mais voici la surprise, ici, à la base du canon. Lisez, lisez...

Et Béatrice lut. Il y était écrit : *Made in Italy.*

— Vous saisissez, madame ? Ce bijou est fabriqué chez nous, en Italie. Les Américains l'utilisent couramment, tandis que, nous autres, on peut tout juste le vendre. Tenez, tenez, soupesez-le : sauf vous, je ne connais aucune autre femme qui puisse tenir en main un pareil canon. Mais son poids est fort utile, ne serait-ce que pour empêcher le viseur de sauter quand on tire...

— Donnez-m'en deux, dit Béatrice, comme s'il s'était agi de soutiens-gorge ou de paires de bas.

— Entendu, madame, dit l'armurier. Il la connaissait de longue date, et n'aurait point été autrement étonné même si elle était venue lui demander un bazooka. « Les balles aussi, n'est-ce pas ? »

— Naturellement.

Son père lui avait appris que, lorsqu'on possède des armes, il faut toujours avoir les projectiles qui vont avec.

Elle examina méticuleusement les deux Dakota, glissa les balles dans le barillet puis les enleva, mit et ôta le cran de sûreté, vérifia le fonctionnement de l'éjecteur. Cela fait, tenant à bout de bras les deux lourds Dakota dans chacune de ses mains, elle visa un miroir qui lui renvoya son image et fit mine de tirer.

— Combien ?

— Soixante mille lires, projectiles compris.

C'était une arme merveilleuse, et elle s'y connaissait. A l'ingéniosité initiale du Colt, dont ce revolver était pratiquement la copie, s'ajoutait l'habileté traditionnelle de l'artisanat italien, laquelle faisait que chaque mécanisme, chaque détail avaient été améliorés, fignolés, perfectionnés au maximum. Et ce fut vraiment avec plaisir que Béatrice casa la grosse boîte contenant les deux Dakota dans le coffre de sa voiture.

Et puis elle était aussi fort contente à l'idée d'aller retrouver Righetto. Righetto était l'un de ces garçons qu'elle appelait ses « petits amis ». C'était évidemment un cossard, une vraie petite gouape romaine, un propre à rien qui ne vivait seulement que d'expédients dérisoires, mais qui — du moins avec elle — avait le bon goût de se contenter de peu. Naturellement, c'était elle qui payait les déjeuners ou les dîners.

Righetto l'attendait au restaurant San Giorgio. Ce matin-là, il avait l'air plus petite gouape, plus propre à rien que jamais, et il ne lui en plut que davantage. Ils déjeunèrent copieusement, puis gagnèrent la pension de famille où logeait Righetto, laquelle avait ce même aspect équivoque qui se retrouvait dans tous les endroits où vivait ce garçon ou qu'il aimait à fréquenter. Mais Béatrice s'amusait de cette atmosphère suspecte, d'autant qu'elle lui était peu familière. Elle quitta Righetto vers quatre heures et demie de l'après-midi, traversa Bra peu après cinq heures et arriva à Dogliani vers cinq heures trente-cinq.

La villa, qu'on avait construite assez loin du pays, dans un endroit vallonné tout entouré d'arbres très verts, se dressait tout au bout d'une avenue, longue de plus d'un kilomètre et qui partait de la grille sur la grand-route pour aboutir à l'entrée même de la bâtisse.

Une fois la Citroën arrêtée devant la grille, à l'instant où elle allait sonner pour que le vieux Marco vienne lui ouvrir, Béatrice remarqua deux choses : d'abord, que la grille était grande ouverte, ce qui ne s'était encore jamais produit ; ensuite, que le gros chien de garde, un mâtin nommé Frankenstein, ne se précipitait pas vers ladite grille en aboyant comme un forcené.

Elle réfléchit un moment dans la lumière grisâtre d'un crépuscule déjà sans soleil ; puis, franchissant la grille au volant de sa Citroën, elle s'engagea dans l'avenue taillée au travers d'un fourré, et qui menait à la villa.

Pour ce qui était de Frankenstein, elle comprit tout de suite pourquoi il n'était pas venu gronder et aboyer à son habitude : elle le découvrit étendu en travers de l'avenue, à une cinquantaine de mètres de la grille. Il avait la gueule fracassée d'un coup de revolver. Elle ne descendit même pas de voiture pour regarder de plus près ; mais elle le fit cinquante mètres plus loin, car elle venait d'apercevoir un corps d'homme sur l'un des bas-côtés de l'avenue. Avant même que de se pencher sur lui, elle avait reconnu le vieux Marco. On lui avait également tiré en plein visage et, si elle ne l'avait pas connu depuis sa petite enfance, elle n'aurait pu dire avec certitude que c'était lui. Il n'y avait plus rien à faire : il était mort.

Elle remonta en voiture, fonça vers la villa et y pénétra en trombe, appelant, angoissée, à pleine voix :

— Lillina, Lillina !

Personne ne lui répondit. Elle ne vit seulement, au premier coup d'œil, que le désordre extrême qui régnait dans le grand salon du rez-de-chaussée. Plus que des voleurs, ceux qui avaient cambriolé la villa devaient être des vandales ; ils avaient emporté tous les objets de valeur : le grand tapis chinois ; deux tableaux qui, pour n'être pas spécialement remarquables, n'en étaient pas moins d'un bon prix ; et une quantité de bibelots d'argent massif. Mais Béatrice ne s'attarda guère. Elle monta hâtivement au premier étage, en criant de nouveau :

— Lillina, Lillina !

Le premier étage était aussi sauvagement saccagé que l'était le rez-de-chaussée.

Lillina était la petite-fille du vieux Marco qui, avec son concours et celui du mâtin Frankenstein, gardait jalousement la villa. Le chien et le vieillard avaient été massacrés, et Lillina ne répondait pas. Elle ne répondit point davantage à Béatrice quand celle-ci, montant au second étage, en visita l'une après l'autre toutes les pièces, également saccagées.

Lillina ne répondit pas non plus au troisième étage, quand Béatrice l'y chercha dans les vastes pièces qui constituaient le « musée ». Non, elle ne répondit pas, mais elle était là. Dans la plus grande des pièces, sur une table recouverte d'un tapis de feutre gris où l'on posait fusils et revolvers pour les nettoyer ou les mieux regarder. Elle gisait là, sur cette table, morte, les jambes et le bas-ventre à nu, sa jupe relevée lui cachant toute la tête.

Béatrice la rabaissa, cette jupe, mais en recouvrit aussitôt avec effroi le pauvre petit visage décomposé où se voyaient des traces évidentes de strangulation, où se lisait aussi l'horreur de l'atroce violence qu'avait subie Lillina.

Béatrice se sentit défaillir, porta vivement son

mouchoir à sa bouche pour contenir la nausée qui la submergeait, et regarda autour d'elle, anéantie. Ce ne fut seulement alors qu'elle s'aperçut que, de toutes les centaines d'armes à feu qui emplissaient à craquer les quatre grandes salles du troisième étage, il ne restait même plus un seul fusil, même plus un seul pistolet, même plus un seul revolver : on avait emporté les râteliers avec tout leur chargement plutôt que de perdre du temps à en décrocher les armes une à une.

En regardant Lillina étendue sur la table — Lillina avait quatorze ans, — Béatrice se mit à pleurer. Elle arracha le rideau de l'une des fenêtres et en recouvrit la petite morte. Puis elle descendit au premier étage, décrocha le combiné du téléphone et appela les carabiniers.

Les corps du vieux Marco et de Lillina furent rapidement enlevés ; les carabiniers examinèrent soigneusement les lieux ; l'Identité judiciaire prit une série de clichés et releva un certain nombre d'indices. A deux heures du matin, tout était terminé. Le maréchal des carabiniers, cependant, posa une dernière fois à Béatrice cette question qui le tracassait :

— Vous n'avez aucun soupçon, mademoiselle, quant à l'identité des auteurs de cette boucherie ? Non, vraiment ?... Les assassins savaient pourtant, eux, que vous n'étiez pas là aujourd'hui et que la villa était pleine d'armes à feu, — car c'était surtout cela qui les intéressait. S'ils ont aussi volé le reste, c'est que toutes ces choses leur ont fait envie, bien sûr, mais c'est plus encore pour brouiller les cartes. Vous les connaissez peut-être, même s'il ne vous est jamais venu à l'idée que ce pourrait être des criminels.

— Non, je ne vois vraiment pas.... dit Béatrice.

Elle mentait, mais le maréchal était loin de s'en douter.

Elle n'arriva seulement à Turin qu'un peu après quatre heures du matin, car, très secouée, elle conduisait fort lentement. Elle s'arrêta cours Cairoli, au bord du Pô, et attendit. Il lui fallait patienter jusqu'à sept heures, jusqu'à ce que s'ouvrent les portes des immeubles. Elle avait donc tout le temps de réfléchir.

Elle n'aimait point amener des hommes chez elle, à Dogliani. Non seulement à cause des ragots, mais aussi parce qu'il lui semblait que la villa toute entière lui faisait honte de sa conduite. Mais elle avait tout de même fait trois exceptions : une première fois, pour le père de son petit Ludovic, lequel père — ignorant même qu'il eût un fils — avait brusquement disparu de sa vie ; puis pour un étudiant contestataire français qui, à la vue du « musée », s'était aussitôt mis à pousser les hauts cris. Aucun de ces deux garçons ne pouvait évidemment être le chef du gang qui avait massacré le vieux Marco et la jeune Lillina.

Mais il y avait encore un troisième homme que, dans un moment de faiblesse, elle avait également amené à la villa : Righetto, la petite gouape romaine.

A sept heures moins dix, elle tira du coffre de sa Citroën la boîte contenant les deux gros Dakota et, ayant garni de balles leurs barillets respectifs, les glissa dans un grand sac qu'elle avait emporté à cet effet.

A sept heures précises, à l'instant même où s'ouvrit la porte de l'immeuble où se trouvait la louche pension de famille où logeait Righetto, Béatrice bondit, décidée. La patronne, tout aussi louche que l'était son établissement, l'accueillit avec un sourire équivoque, mais sans s'étonner autrement de la voir à une heure aussi matinale.

— Je crois bien qu'il dort, dit-elle.

Béatrice Laederys poussa la porte de la chambre, entra, referma derrière elle, ouvrit brusquement son sac, y prit les Dakota et en ôta les crans de sûreté. Leurs « clics » sinistres éveillèrent d'un coup la jeune gouape :

— T'es pas folle, non ?

— Jette-toi à plat ventre ou je te descends.

Righetto était un garçon intelligent, et il obéit immédiatement.

— Hier après-midi, pendant que j'étais ici avec toi, enchaîna Béatrice, une bande de tueurs s'est rendue à ma villa de Dogliani, avec au moins deux camions. Ils l'ont entièrement mise à sac, emportant surtout toutes les armes à feu qui leur serviront sans doute pour d'autres coups du même genre, vols à main armée, etc. Et, comme si tout cela ne suffisait pas, ces bandits ont tué mon gardien, un pauvre vieux, et sa petite-fille de quatorze ans après l'avoir sauvagement violentée. Ces gens-là étaient au courant d'un tas de choses : ils savaient parfaitement où trouver ce que la villa contenait d'intéressant et ce que c'était ; ils savaient également que j'étais à Turin avec toi... Donc c'est toi qui les a renseignés, parce que tu es venu chez moi et que tu y as tout vu. Ils ont dû te les payer royalement, tes renseignements, ces bandits. Maintenant il faut que tu me dises leurs noms...

— Mais j'en sais rien, Béatrice, je te le jure ! Et je me demande comment tu as bien pu te fourrer une pareille idée dans la tête...

Il mentait, naturellement, toujours à plat ventre.

Elle tendit le bras, visa la jambe droite du garçon au jugé et tira. La balle calibre 22 pénétra dans le mollet comme une petite bombe, en en faisant éclater l'os. Le hurlement de Righetto couvrit presque le bruit de la détonation.

— Dis-moi les noms, vite, ou je tire plus haut.

— J'en sais rien, j'en sais rien ! hurla la petite gouape.

Il espérait que ses hurlements attireraient du monde. Et, de fait, la patronne, qui avait entendu le coup de feu, accourut et frappa à la porte :

— Qu'est-ce qui se passe ?

— Ne restez pas devant cette porte, madame, car je vais encore tirer, dit Béatrice. Et, joignant le geste à la parole, elle tira effectivement dans la porte que la balle traversa comme si ç'avait été du beurre. Puis elle tira de nouveau, mais dans la cuisse gauche de Righetto, cette fois. « Allez ! allez ! dis-moi les noms de ces bandits, ou je vais tirer encore plus haut, et ça n'arrangera rien. N'attends pas que la police vienne m'arrêter, parce qu'alors je te descends dès qu'elle arrive. »

Gémissant de douleur, Righetto commença de donner les noms de ses copains et l'adresse des endroits où on les pourrait trouver. Il ne mentait point, sentant trop que sa vie ne tenait qu'à un fil. Le Dakota de la main gauche, Béatrice notait soigneusement de la droite tout ce qu'il lui disait. Elle avait à peine fini d'écrire qu'on frappa énergiquement à la porte :

— Police !

— J'ouvre tout de suite, dit-elle.

Elle regarda celui qui, toujours allongé sur le sol, était le vrai coupable du meurtre de la pauvre Lillina et du vieux Marco, et pensa qu'il allait s'en tirer avec deux ou trois ans de prison. Au reste c'était bien pour cela qu'elle avait dit au maréchal des carabiniers qu'elle ne soupçonnait personne, qu'elle ne voyait pas qui avait pu faire le coup. Deux ou trois ans, c'était vraiment une peine ridicule pour un crime aussi atroce.

— Police ! Ouvrez, ou on défonce la porte !

Béatrice Laederys tira d'abord, non plus dans les jambes de Righetto, cette fois, mais bien entre les deux épaules ; puis elle ouvrit la porte et remit aussitôt son Dakota au carabinier.

— Cet homme était le principal coupable, dit-elle. Je vous expliquerai. Vous trouverez les noms de ses complices, les noms des tueurs, sur ce bout de papier.

Une fois en prison, Béatrice dit à son avocat :

— Dites à mon petit Ludovic que sa maman est partie pour un long voyage afin de se procurer des revolvers atomiques. C'est une explication qu'il croira sûrement...

(Titre original : *La ragazza cal. 22.*)

LA PETITE COUSINE

Ce matin-là, on lui mit son beau costume du dimanche, même ses gants et son écharpe blanche croisée sous son manteau. Papa et maman s'habillèrent aussi avec ce qu'ils avaient de mieux. Et lui, Bruno, savait bien pourquoi ils étaient habillés comme ça et ce qu'ils allaient faire.

A la mer, le grand-père disait toujours :

— Les garçons doivent jouer avec les garçons, et les filles avec les filles.

Et, sec, poilu, remuant, malgré ses soixante-dix ans, en slip de bain, il veillait sur la blonde et fragile cousine de Bruno, à laquelle celui-ci ne pouvait seulement que sourire en la croisant alors qu'il jouait au ballon, ou bien encore dire bonjour ; mais sans jamais rester auprès d'elle, ainsi que les yeux de la petite disaient qu'elle le désirait. Il ne pouvait pas non plus l'embrasser, comme il en avait obscurément envie depuis cette année où, les disant devenus grands, on ne les laissait plus ensemble. Et tout cet été-là, tout cet automne aussi, il avait été dévoré du sourd désir de l'approcher, de rester avec elle, de l'embrasser. Mais elle était constamment surveillée.

Ce matin-là pourtant, où ils étaient tous si bien habillés, on le conduisit chez sa cousine. Et Bruno savait pourquoi, et papa lui dit de ne pas pleurer et de faire exactement ce qu'il le verrait faire. Et papa entra dans une belle chambre où il y avait beaucoup d'autres gens, s'approcha du lit tout recouvert de fleurs, et embrassa la fillette qui paraissait dormir. Et lui, Bruno, le jeune cousin, avec son beau costume qui en faisait comme une copie de son père, avec ses gants gris et son écharpe blanche, se pencha sans pleurer — mais il allait le faire plus tard — et embrassa pour la première et dernière fois, désespérément, sa blonde et fragile cousine, tuée — il ne le savait pas vraiment, n'ayant seulement entendu que quelques propos fort vagues, — tuée, oui, par un vieux bonhomme, après avoir été violentée. Un vieux bonhomme de soixante-dix ans — le même âge que le grand-père, — un vieux bonhomme avec lequel le grand-père jouait aux cartes et aux boules. La blonde et malheureuse petite cousine était désormais bien trop loin, et insensible aussi, pour ressentir l'effet de ce baiser comme elle l'aurait voulu ressentir.

(Titre original : *Gliela lasciarono baciare*.)

LE MARI DE L'AMAZONE

Après la douzième partie de billard électrique — il avait même souvent gagné, — ne perdant point un pouce de sa petite taille, le corps et le visage tournant au rouge brique car cela faisait déjà deux jours qu'il était à la mer, il se dirigea tout heureux vers le grand parasol jaune à l'ombre duquel elle se tenait accroupie, toute seule, avec son grand canard gonflable — lequel était presque aussi grand qu'elle — et son transistor dont la pile, à bout de souffle, émettait ses derniers soupirs en crachotant. L'ayant rejointe, il s'assit auprès d'elle et alluma une cigarette.

— J'ai gagné neuf parties, dit-il tout fier, en regardant, de derrière le cou du canard, le visage aimé et insignifiant qui lui faisait face.

— Tu n'es jamais avec moi..., se plaignit-elle doucement. Hier soir, tu as joué aux cartes jusqu'à deux heures après minuit ; ce matin, tu es allé pêcher et, maintenant, ça fait tout l'après-midi que tu joues au billard électrique. Tu n'as jamais fait ça.

Elle ne le lui reprochait pas ; ce n'était seulement qu'une constatation plaintive.

Non, il n'avait jamais fait ça, et il le savait bien : en huit ans de mariage, il ne l'avait pratiquement jamais quittée ; il ne la laissait même pas sortir seule, attaché à ses pas comme un esclave par une dévorante jalousie. Et pourtant elle était la même qu'aujourd'hui : insignifiante, sans rien de vraiment remarquable. Sauf la poitrine. Il n'avait point encore oublié les regards que les autres hommes décochaient à cette poitrine insolente, vivante, que rien ne pouvait dissimuler, pas plus les robes montantes que celles de couleur sombre. A cette poitrine qui frétillait, palpitait même sous le manteau. Et c'était bien à cause de cela qu'il ne l'avait jamais amenée à la mer, ni danser. Mais voilà, il y avait eu ce terrible abcès, et elle était sortie de la clinique pareille à une amazone : le sein droit en moins et le gauche plus que flétri, presque mort. Cela avait été tragique. Lui aussi avait pleuré et s'était désolé pour elle. Puis il s'était aperçu qu'il était désormais inutile de la surveiller, que personne ne la regardait plus avec concupiscence, qu'il était libre de sortir avec ses amis, de rester dehors le soir.

— Après dîner, dit-il, nous irons danser. Ça te fait plaisir ?...

Maintenant il n'y avait plus de danger qu'un autre la lui prenne.

(Titre original : *Il marito dell'amazzone.*)

AVEC LA MUSIQUE

Oui, la radio fonctionnait toujours — un vrai miracle ! — et même, après la collision, un contact avait dû mieux se resserrer, car la voix s'entendait encore plus forte, plus puissante qu'avant, alors qu'ils l'écoutaient. Mais maintenant ils ne pouvaient plus l'entendre. Pas plus elle qui, défonçant le pare-brise de sa tête à l'épaisse et longue chevelure, était allée s'écraser contre les poutres métalliques du pylône des lignes à haute tension, anéantissant du même coup tout ce qui la faisait si belle. Non, pas plus elle que lui. Que lui, — disloqué, aplati, collé au volant. En fait, sur ce chemin vicinal qui serpentait à travers champs et où ils avaient cherché refuge, ils en avaient bel et bien trouvé un. Définitif, celui-là, mais auquel ils étaient loin de penser, tant était impérieux le désir qui les submergeait l'instant d'avant.

Sauf quelques phares de voitures qui balayaient

au loin la grand-route de temps en temps, la nuit était profonde, où s'élevait, venant du poste de radio, apparemment à son maximum, la voix poignante d'une femme qui chantait. Beaucoup de temps passa. Puis deux jeunes amoureux qui se promenaient étroitement enlacés, venant du village voisin, s'approchèrent sans voir quoi que ce soit à cause de l'obscurité, mais seulement attirés par cette voix bouleversante et mélodieuse qui, vivante, chantait auprès des morts.

— Installons-nous ici, Mina, comme ça on profitera de la musique, dit le garçon en s'asseyant dans l'herbe avec sa compagne. « Y a pas à dire, on est tout de même mieux ici, tous les deux, que ceux qui font ça en bagnole. Moi, en bagnole, ça m'a jamais rien dit. »

Et il l'étreignit très fort.

— Laisse-moi donc écouter cette chanson..., dit la fille alanguie, bien que déjà elle ne l'entendit plus.

— Avec la musique, c'est drôlement plus chouette, non ? dit le garçon.

Quant à lui, il ne l'entendait pas davantage, encore qu'elle fût diffusée au maximum, cette voix qui chantait :

Pourquoi, pourquoi me laisses-tu toujours toute seule le dimanche ?...

(Titre original : *Con la musica è bello.*)

JALOUSIE POSTHUME

La vieille dame se tenait sur le seuil de la chambre : sa fille écoutait des disques, une musique bizarre, rauque, qu'on aurait dite jouée par des instruments désaccordés, disloqués, mais qui était tout de même déchirante. Elle se sentait un peu honteuse, là, sur le seuil, avec cette photographie jaunie à la main. Mais il lui fallait savoir, savoir, savoir ; sans cela, elle ne pourrait plus jamais trouver le repos, ni dormir, ni vivre. Alors elle entra et, d'un geste gauche, par-dessus le tourne-disques, par-dessus le visage fermé et tendu de sa fille, elle brandit la photographie.

— Tu sais qui c'est ? cria-t-elle, dans un accès de colère sénile.

La jeune fille, qui l'avait vue sans vraiment la voir, s'étira comme au sortir d'un rêve et, émergeant des rauques profondeurs de sa musique, jeta un coup d'œil à la photographie, puis regarda sa mère.

— Non, je ne sais pas, dit-elle gentiment.

— Mais si, mais si — la vieille dame hurlait bien que le disque jouât fort doucement, — tu sais très bien qui c'est. Tu as toujours soutenu ton père, vous étiez de mèche. Il te présentait même toutes ses sales femmes..

La jeune fille arrêta le tourne-disques.

— Je t'en prie, maman..., dit-elle, la regardant avec pitié, avec gêne. « Papa est mort depuis deux ans. Laisse-le donc en paix, au moins maintenant qu'il est mort. »

Mais c'était elle, sa mère, qui ne parvenait plus à trouver le repos.

— Elle était dans un livre qu'il avait caché dans une valise : ce doit être une étrangère, lança-t-elle à sa fille. Une Allemande, oui, elle est blonde, et tu sais qui c'est.

La jeune fille secoua la tête. Rien à faire : la jalousie de sa mère ne cédait point devant la tombe. Peut-être bien que la fille de la photographie était également morte ; mais pas pour sa mère qui la voyait toujours vivante dans les bras de son père, toujours vivant lui aussi.

(Titre original : *Oltre la morte*.)

MARCELLA

La première table de marbre, à droite en entrant, était nue, propre et luisait sous la lumière aveuglante des deux tubes fluorescents qui couraient d'un bout à l'autre du plafond du funèbre local. Mais la seconde était occupée : il s'y voyait quelque chose sous une espèce de drap plastifié.

— Vous sentez-vous le courage de regarder, mademoiselle ?... demanda le brigadier de police. Morini ou Marini, un nom comme cela. Il s'était poliment et presque cérémonieusement présenté, quand il avait sonné à la porte de la jeune femme pour cette histoire de voiture. C'était un petit homme, un petit homme un peu fatigué, mais elle n'en tremblait pas moins devant lui. Et elle ne faisait pourtant que se répéter qu'il lui fallait garder son calme : une histoire absurde qui ne la concernait nullement, dont il était même impensable qu'elle la concernât. Le petit homme un peu fatigué, mais tenace, qui s'appelait Marini ou Morini, était, quant à lui, absolument persuadé du contraire.

— Alors, mademoiselle ?... dit-il.

Isabelle Quarini de Varga eut un hochement de tête.

— Vous voulez dire ?... demanda le brigadier.

Il n'était point homme à se satisfaire d'un hochement de tête ; il voulait entendre la voix de la jeune femme. Elle se reprit, s'efforçant de jouer correctement son rôle :

— Je vous ai déjà dit...

Le brigadier sourit. Ou du moins son visage fripé esquissa une grimace qui se voulait un sourire. Mais il était flagrant que ce n'était seulement qu'une grimace avec, tout de même, quelque chose de pitoyable.

— Je ne crois pas, dit le brigadier. Quoiqu'il en soit, je vous demande pardon. C'est peut-être que je deviens sourd...

Il désigna du doigt la seconde table ; et le garçon de salle rabattit le drap plastifié. Il y avait effectivement quelque chose dessous, mais ç'aurait été s'avancer beaucoup que d'affirmer que c'était un corps humain.

— Mademoiselle, dit le brigadier, j'aimerais que vous nous aidiez à comprendre pourquoi cette jeune fille se trouvait cette nuit dans votre voiture, sur l'autoroute Milan-Bergame, quand l'accident s'est produit... Vous ne la reconnaissez pas ?...

La jeune femme continuait de trembler. La température de la pièce était nécessairement fort basse, mais ce n'était cependant point à cause de cela qu'elle claquait des dents. Non. Toutefois, comme elle était d'un naturel courageux, elle releva la tête et parvint même à mieux encore jouer son rôle :

— Et si c'était moi qui vous demandait de m'aider à comprendre, brigadier ?... brigadier ?... Voulez-vous me rappeler votre nom ?...

— Morini, dit le petit homme avec un sourire excédé. « Mais êtes-vous vraiment sûre de ne pas reconnaître cette jeune fille, mademoiselle !... (Sa grimace se fit encore plus pitoyable.) Voyez-vous, mademoiselle, il ressort des papiers en notre possession que cette jeune fille aurait été à votre service depuis... depuis un peu moins d'un an, onze mois... Oscarini Marcella, dix-neuf ans, originaire de Mogliano Veneto... »

Le bureau de la Questure (1) où ils se trouvaient maintenant était plus que triste, franchement sinistre.

— Donc, dit le brigadier de police Morini, étant entendu que c'était votre domestique, comment expliquez-vous qu'elle conduisait une voiture vous appartenant ?...

La réponse qu'il lui fallait faire, et à laquelle la jeune femme pensait depuis un moment, lui paraissait plausible, mais elle hésitait encore à la formuler. Pourtant il lui fallait répondre, — d'une façon ou d'une autre. Alors, se raidissant, se calant bien tout contre le dossier de sa chaise, elle dit :

— De temps en temps, je donnais les clefs de ma Fiat 1200 à Marcella quand elle avait son après-midi de libre. Nous habitons à San Siro et ce n'est pas tout près du centre ; aussi, quand elle

(1) Voir note page 8. (N. d. T.)

y allait, — y faisant même souvent de petits achats personnels — elle prenait naturellement la voiture. Cela valait tout de même mieux que le tram ou le métro : elle gagnait du temps et rentrait beaucoup plus tôt. (Sentant que le brigadier ne croyait pas tellement qu'une femme de son monde puisse donner les clefs de sa voiture à une domestique, elle ajouta :) Bien entendu, nous avons aussi une Alfa Romeo et une Ferrari dans les boxes du garage de notre petit hôtel, de notre maison...

Le brigadier demeura un moment silencieux, puis dit :

— On n'a pas retrouvé le permis de conduire de cette jeune fille. Pas plus dans son sac que parmi les débris de la voiture ; mais elle devait sûrement l'avoir, sans cela vous ne lui auriez pas confié votre Fiat...

— Oh ! oui, dit la jeune femme, elle m'avait dit qu'elle l'avait.

— Vous l'a-t-elle seulement dit ou vous a-t-elle également montré le permis ?

— Non, Marcella ne me l'a jamais montré, mais elle m'avait affirmé qu'elle l'avait.

— Avant de donner les clefs de sa voiture à un tiers, surtout à une fille de dix-neuf ans, il est préférable de s'assurer que ledit tiers a bien son permis, sinon l'on partage pour moitié sa responsabilité. (Un nouveau silence, puis le brigadier poursuivit :) Il y a un détail qui ne me paraît pas très clair. Vous m'avez dit que vous prêtiez votre Fiat à votre domestique pour qu'elle puisse aller faire ses achats dans le centre sans trop perdre de temps... Or l'accident ne s'est pas produit dans le centre de Milan, mais bien à l'entrée de l'autoroute de Bergame. La conductrice, évidemment novice, venait à peine de s'engager sur cette autoroute qu'elle est allée s'écraser sous l'arrière d'un camion-remorque...

La jeune femme réfléchit un instant, puis dit aimablement :

— Je ne sais trop quoi vous dire, brigadier. Je ne lui prêtais la voiture que pour aller en ville : il faut croire que Marcella aura abusé de ma confiance.

— C'est évident, dit le brigadier. Mais il y a encore un autre détail qui me tracasse : cette jeune fille avait quatre cent mille lires dans son sac...

L'agent de service qui se tenait devant la porte fut pris d'une brusque quinte de toux, et ce fut là tout ce qu'on entendit durant près d'une minute.

— Ses gages ne sont point un mystère : je lui donnais soixante mille lires par mois. Mais, comme elle était nourrie et couchée et que je lui fournissais la plupart de ses vêtements, il n'est pas étonnant qu'elle ait pu mettre cette somme de côté. D'autant qu'elle travaillait chez nous depuis près d'un an.

— Mais ne pourrait-elle vous avoir volé cet argent ?

— C'est impossible, dit la jeune femme. Nous ne gardons pratiquement pas de liquide à la maison, juste un peu de monnaie pour les pourboires et quelques billets de dix mille pour l'essence. Quant au reste, nous payons tout par chèque. Nous ne garderions jamais chez nous quatre cent mille lires d'argent liquide.

— Je comprends, mademoiselle, dit le brigadier. Il reste encore quelques petites formalités assez désagréables. Et je suis le premier à le regretter, croyez-le bien. Il nous faudra faire faire l'autopsie de cette jeune fille, puis voir si elle avait ou non son permis de conduire. Il se peut qu'elle l'ait eu mais qu'elle ait oublié de le prendre avec elle. Quoi qu'il en soit, je serai peut-être obligé de vous convoquer de nouveau...

Il se leva. Il était pareil à l'écriture qui couvrait les feuillets étalés devant lui, tout ensemble sèche et pleine de fioritures. Oui, c'était un petit homme extrêmement courtois et redoutable.

— N'hésitez pas à le faire, dit la jeune femme, décidément fort aimable.

Ayant regagné San Siro au volant de son Alfa Romeo gris plombé, Isabella Quarini de Varga stoppa devant le triste petit hôtel particulier que son père avait eu l'idée plus triste encore de faire construire dans ce quartier quelque peu périphérique. Sous la pluie, au travers du brouillard, elle vit Carlo qui, en gilet rayé et s'abritant sous un grand parapluie noir, venait lui ouvrir la grille. Dès que cela fut fait, elle bondit avec la voiture dans la petite allée et vint brusquement s'arrêter devant l'un des trois boxes du garage, dans un épouvantable crissement de pneus.

Descendant aussitôt de voiture — Carlo se chargerait de la rentrer, — Isabella gravit rapidement le perron et poussa la porte d'entrée. Elle vit immédiatement Arturo qui venait à sa rencontre, et une bouffée de colère la submergea. Mais elle se domina et, bien que le repoussant alors qu'il voulait l'embrasser, elle lui dit :

— Allons dans le cabinet de travail, j'ai à te parler...

Ledit cabinet de travail, qui avait été celui de

son père, professeur d'histoire, était glacial, comme au reste toute la maison. Irritée, Isabella téléphona à l'office :

— Allô ! Avez-vous quelqu'un sous la main qui pourrait venir faire un peu de feu dans la cheminée du cabinet de travail ?

— Oui, mademoiselle. Je vous envoie Carlo tout de suite, répondit Véra.

Isabella raccrocha et regarda Arturo, debout près du radiateur de chauffage central dont la chaleur était nettement insuffisante.

— Cette pièce est la plus froide de toute la maison, dit le garçon en souriant avec une gentillesse puérile, mais qu'entachait une pointe de vulgarité. « Bravo ! Fais-moi donc attraper un mal de gorge, comme ça je pourrai plus chanter... »

Elle le regarda avec aversion. Il lui fallait bien s'avouer que, malgré l'indiscutable attirance physique qu'elle éprouvait pour Arturo, il y avait des moments où elle le détestait cordialement.

— Sais-tu qu'on m'a convoquée à la police ? dit-elle en s'approchant de lui et en posant les mains sur le dessus tiède du radiateur.

— Non, répondit-il en caressant les éléments dudit radiateur.

— Donc tu ne te doutes même pas pour quelle raison on m'a d'abord conduite à la morgue, puis à la Questure ?

— Hein ?... s'exclama Arturo.

— Oui, à la morgue, puis à la Questure..., répéta Isabella.

— Pourquoi donc ? demanda le garçon, alarmé, en s'écartant du radiateur.

— Parce que Marcella est allée s'écraser avec la Fiat 1200, ce matin à l'aube, sur l'autoroute Milan-Bergame, contre un gros camion-remorque, et qu'elle est morte, dit Isabella d'une voix très basse. Puis, brusquement, son ton se fit rauque et, ne se contrôlant plus, elle hurla : « Tu veux peut-être que je te dise qui est Marcella ou, plutôt, qui elle était, avant que tu fasses semblant de ne pas te souvenir de qui il s'agit ? Et tu veux peut-être aussi que je t'apprenne que Marcella conduisait précisément la 1200 dont tu as les clefs, et que c'était cette fille qui nous servait à table quand nous déjeunions ou dînions ici, à la maison, cette fille avec toujours un petit tablier noir si collant que tu n'arrêtais pas de tourner la tête, comme un vrai goujat que tu es, pour la dévorer effrontément des yeux devant moi ? (Isabella se tut un instant, mais seulement pour reprendre haleine, puis poursuivit, toujours hurlant :) Je suis en train de te dire que Marcella était notre domestique et que tu lui avais donné les clefs de ma voiture. Peut-être même que c'était toi qui l'avais emmenée faire un tour, avec mon essence, et que tu lui avais aussi donné mon argent — car elle avait quatre cent mille lires dans son sac, — et puis tu l'as quittée. Si bien que cette malheureuse, qui ne savait pas conduire, qui n'avait pas son permis, est allée s'écraser contre un camion... »

Agenouillé devant la cheminée, Carlo, très digne dans son gilet rayé, acheva d'y allumer du feu, puis sortit.

— Tu es folle, dit Arturo, en regardant la jeune femme comme s'il pensait vraiment qu'elle l'était.

— Bon ! Eh bien, tu n'auras qu'à lire les journaux demain matin, dit Isabella, domptant sa colère et parlant de nouveau à voix très basse : *La domestique d'une jeune femme de la haute société milanaise se tue au volant de la voiture de sa maîtresse en entrant en collision avec un camion.* Ça te plaît ? ou préfères-tu quelque chose de plus ? Ceci, par exemple : *La jeune fille était-elle seule ou bien en compagnie de quelqu'un qui l'aurait quittée peu avant l'accident ?*

Arturo s'assit devant la cheminée dans un petit fauteuil, regarda les flammes qui commençaient d'attaquer les bûches et dit, sans seulement se tourner vers Isabella et de cette voix caressante et chaude qui lui aurait valu Dieu sait quel succès s'il n'y avait pas déjà eu Bobby Solo (1) :

— Tu es vraiment folle, tu dis n'importe quoi ! Je laisse toujours les clefs de la 1200 sur le tableau de bord ; et, le cas échéant, c'est Carlo qui les prend, bien sûr, puisqu'il a déjà celles de tes deux autres voitures pour les rentrer dans leurs boxes ou les en sortir. Il le fait aussi pour ta Fiat, non ? Alors pourquoi tu t'en prends à moi ? Qu'est-ce que j'ai à voir dans cette histoire ? Si elle s'est tuée, j'y suis pour rien. Ah ! Je vois, tu penses peut-être que, parce que je la regardais quand elle faisait le service avec ses petits tabliers collants... Bien sûr que je la regardais : elle me faisait rire.

Isabella se sentait lasse, mais il lui fallait le mettre au courant de tout :

— Ecoute, tu sais mieux que moi que Marcella n'était même pas capable de se débrouiller dans

(1) Célèbre chanteur italien de variétés, du genre *crooner,* également un peu connu en France. (N. d. T.)

un square avec un tricycle d'enfant, donc elle ne pouvait pratiquement pas tenir le volant d'ici à l'autoroute de Bergame, en traversant toute la ville. Donc quelqu'un a dû l'accompagner et conduire à sa place, du moins jusqu'à l'entrée de l'autoroute. J'ai déclaré à la police que je prêtais la 1200 à Marcella quand elle avait son après-midi de libre, mais tu sais bien que ce n'est pas vrai. J'ai dit cela parce que j'ai compris que tu étais pour quelque chose là-dedans et que j'ai voulu éviter que les ragots et le scandale n'éclaboussent ton nom et le mien. Mais je sais bien que c'est toi qui conduisais la voiture.

Arturo se leva lentement de son petit fauteuil. C'était un de ces garçons tirés à des millions d'exemplaires, pâles, avec beaucoup de cheveux noirs qui leur tombent tant sur le devant du visage que dans le cou. Il portait un complet gris foncé — l'un des nombreux costumes qu'Isabella lui avait fait faire, — et dont le ton s'alliait à merveille à la pâleur de son teint. D'ordinaire, il avait l'air doux, timide, presque sauvage, mais en cet instant il n'était plus seulement que rageur et affreusement vulgaire, bien qu'il parlât à mi-voix, — chacun de ses mots ponctués par le crépitement des bûches dans la cheminée.

— Les somnifères te valent rien, ma petite ; pas plus que toute cette vodka que tu siffles dès l'aurore ; pas plus que ta ribambelle d'ancêtres à particule qui te font croire que tu es sortie de la cuisse de Jupiter. Je suis ce que je suis, d'accord ; mais j'ai jamais baisé une de tes bonniches, et je commence à en avoir soupé de ton cinéma. Si Marcella s'est tuée dans un accident de voiture, j'y suis pour rien : c'est pas moi qui lui ai d… les clefs de ta 1200. C'est peut-être Carlo ou … cuisinière, — entre larbins, ils sont tous en cheville. C'est peut-être même ton frère, si tu veux que je te le dise : vu qu'il est soûl comme un Polonais vingt-quatre heures sur vingt-quatre, il peut faire n'importe quoi, même foutre le feu à la baraque. (Arturo se dirigea vers la porte.) Maintenant y en a marre. Je suis qu'un petit chanteur de rien du tout et toi comme qui dirait une princesse, d'accord. Mais tu es tout de même un peu trop dingue pour moi. Je suis pas un compliqué, moi, j'ai des goûts simples, populaires, démocratiques...

Isabella le rattrapa avant qu'il n'ouvre la porte :

— Non, reste ! Je suis bouleversée, tu comprends, j'ai vu cette malheureuse — tu ne peux pas savoir dans quel état elle était ! — et je ne l'ai seulement reconnue qu'à ses chaussures : c'étaient les bleu marine, celles que je lui avais données juste deux jours avant... (Isabella sentit qu'Arturo lui passait un bras autour de la taille ; elle en fut heureuse, lui rendit son étreinte, et acheva :) Tu sais, il y aura forcément un peu de scandale, et je suis très sensible à ce genre de choses.

Elle avait un peu honte, de tout : honte d'héberger ce garçon qui regardait sous son nez ses jolies petites domestiques et même la jeune cuisinière qui marchait en se tortillant ; honte aussi de son frère, lequel buvait jusqu'à l'abrutissement et qui, à trente-neuf ans, n'était déjà plus qu'une épave ; honte enfin d'elle-même, de se sentir si désarmée, si faible, si disponible, prête aux pires aventures, depuis que, son père mort, elle ne pouvait plus compter que sur elle-même. Alors, ayant un peu honte de tout cela, elle se serra davantage encore contre Arturo et l'embrassa.

— Je regrette, je regrette beaucoup, mademoiselle, d'avoir dû vous convoquer encore une fois, dit le brigadier de police Morini en regardant Isabella d'un œil froid qui la mettait mal à l'aise. « Mais j'espère ne pas vous avoir dérangée inutilement. (Il ouvrit un tiroir, y prit une feuille de papier, ne la lui lut point, ne la lui fit pas lire, et dit seulement :) Voici une attestation où le service intéressé certifie que la nommée Oscarini Marcella, originaire de Mogliano Veneto, était titulaire d'un permis de conduire délivré ici-même, à Milan, il y a six mois. »

Isabella, qui portait un élégant tailleur bleu ciel, Isabella eut un petit sourire :

— Vous m'en voyez ravie. Ma domestique ne m'avait donc point menti en me disant qu'elle avait son permis.

Mais elle ne souriait pas vraiment ; il lui semblait que le sol se dérobait sous elle : Marcella savait conduire ! Ainsi cette fille de la campagne, incapable de distinguer des ciseaux à volailles d'une paire de ciseaux ordinaires, avait passé son permis alors qu'elle travaillait chez elle. Comment s'y était-elle prise ? Qui l'avait aidée à l'obtenir ?

— Puis il y a encore une autre chose, et qui ne vous fera pas tellement plaisir, dit le brigadier, d'une voix qui, cette fois, mettait, elle aussi, la jeune femme mal à l'aise. « L'autopsie a révélé que cette jeune fille avait dans le sang un pourcentage très élevé de barbiturique. »

Isabella ne répondit rien ; elle réfléchissait : du

barbiturique, autrement dit un somnifère. Donc Marcella conduisait la Fiat bourrée de barbiturique, de somnifère ; elle conduisait à moitié endormie.

Le brigadier poursuivit :

— Je pense que vous voyez ce que cela veut dire, mademoiselle. Au début, il s'agissait d'un banal accident de la route : une voiture vient s'écraser sous l'arrière d'un camion-remorque à l'entrée de l'autoroute de Bergame. Il est évidemment un peu bizarre que la voiture en question, qui appartient à une dame de la haute société milanaise, soit conduite par la domestique de cette dame et que l'on découvre quatre cent mille lires dans le sac de la victime, mais ce sont là détails accessoires. Maintenant, grâce à l'autopsie, nous savons que la jeune fille conduisait dans un croissant état de somnolence provoqué par un barbiturique. Que devons-nous penser de cette révélation ? Voyez-vous — expliqua alors le brigadier avec une politesse glacée, — nous nous trouvons là devant deux hypothèses : suicide ou assassinat. L'accident de voiture est à écarter : on ne prend pas un somnifère quand on sait devoir emprunter une autoroute, et le médecin légiste a établi que votre domestique avait pris un somnifère une demi-heure avant sa mort. Oui, une demi-heure. Or c'est là le temps nécessaire et suffisant pour qu'un barbiturique produise son plein effet. D'autre part, il nous semble que le suicide doive également être exclu : quand on a pris un somnifère avec l'intention de se suicider, on ne se lance pas ensuite en voiture sur l'autoroute de Bergame. Non, on s'étend plutôt sur un divan et l'on y attend la mort. (C'était la logique même ; la jeune femme ne trouvait rien à répondre, pas plus qu'elle n'avait de commentaires à faire.) Il ne nous reste donc que l'assassinat, dit le brigadier, — d'une voix si calme qu'on aurait pu croire qu'il parlait de ce qu'il aurait aimé manger pour son déjeuner, mais ses yeux clairs étaient à ce point effrayants et glacés qu'ils parvenaient tout de même à ébranler la superbe d'Isabella. « Cette jeune fille était à votre service depuis près d'un an, poursuivit-il, alors vous pouvez peut-être nous dire si elle était fiancée, ou si elle fréquentait quelqu'un. »

Isabella secoua immédiatement la tête :

— Non, elle ne m'a jamais parlé de personne.

Le brigadier se leva et dit, de cette voix calme qui était peut-être plus effrayante encore que s'il avait hurlé :

— Il s'agit d'un assassinat. On a mis cette jeune fille au volant de la voiture après lui avoir fait absorber une forte dose de somnifère. L'accident, qui n'en est point un, ne s'est pas produit parce qu'elle ne savait pas conduire, mais bien parce qu'elle était sous l'effet dudit somnifère. Et il va nous falloir encore poursuivre très sérieusement nos recherches à ce sujet. Je pense qu'il serait préférable que vous vous teniez à notre disposition.

Isabella n'acquiesça même pas, tant il était évident qu'elle ne pouvait guère faire autrement.

Elle regagna San Siro. Il pleuvassait toujours ; et il y avait encore du brouillard, spécialement dans ce quartier. Un brouillard si dense qu'elle distingua à peine le gros parapluie noir que brandissait Carlo et, tout juste, son gilet rayé. Comme à son habitude, dès qu'il lui eut ouvert la grille, elle accéléra, fonça en vrombissant et vint s'arrêter pile, à deux centimètres du rideau de fer de l'un des boxes.

— Bonsoir, mademoiselle, dit Carlo, de dessous son parapluie et dans la lumière des phares.

Isabella regarda, rien qu'un instant, ce visage bouffi et flasque et vieux, à l'air équivoque et faux. Et elle se dit, à ce même instant, que Marcella était une domestique, que Carlo en était également un et que la mort de la malheureuse pouvait peut-être bien découler d'une dispute entre collègues. Mais qu'en savait-elle ? Puis elle détourna son regard de l'obséquieux individu au parapluie qu'estompait le brouillard, et poussa la porte de la maison. Il n'y avait personne ; ni son frère ni Arturo : les hommes restent rarement à la maison dans le courant de l'après-midi, et moins encore dans une maison comme celle-là, — qui étouffait de solitude.

Alors Isabella prit un bain, puis se rendit à la cuisine et y trouva Véroutchka — ainsi qu'elle appelait plaisamment Véra, la jeune cuisinière, — avec l'aide de qui elle se prépara un sandwich bourré de petits artichauts à la vinaigrette. Et elle commença de mordre dedans tout en regardant la jeune fille. Elle était plutôt mignonne, moins belle que Marcella, certes, mais elle plaisait beaucoup. Surtout au frère d'Isabella. Tellement même que celle-ci avait dû gourmander ledit frère à la suite d'une plainte de la jeune cuisinière qu'il ne cessait d'importuner. Elle la regarda, comme elle avait regardé Carlo, se disant de nouveau que Marcella était peut-être morte du fait d'une rivalité, d'une jalousie de domestiques. Puis elle se fit servir un peu de vin blanc glacé ; et ce fut alors qu'elle remplissait une longue flûte de verre d'une main tremblante que Véroutchka, fondant en larmes, dit :

— Mademoiselle, mademoiselle, je n'en peux plus.

Isabella, surprise, déconcertée, lui dit doucement, affectueusement :

— Parle.

Elle ne savait trop qu'imaginer. Son frère avait peut-être recommencé d'importuner la jeune fille. Ou, pire encore, c'était peut-être lui qui avait eu l'abominable idée d'endormir à demi Marcella, puis de la mettre au volant de la Fiat pour qu'elle se tue. Avec des « gentlemen » de cet acabit chez soi, on pouvait tout craindre. Elle attendit que Véroutchka lui en dise davantage, mais la jeune fille continuait de sangloter.

— Allez, raconte-moi tout. Qu'est-ce qu'il y a ?

Isabella commençait à s'énerver ; elle posa sur la grande table de marbre le sandwich qu'elle avait à moitié mangé. La jeune fille continua de pleurer un peu sans souffler mot ; puis elle s'essuya les yeux et commença à parler. Elle parla longtemps.

Il était maintenant un peu plus de onze heures du soir. Après avoir regardé à la télévision le reportage filmé d'une expédition au Pôle Sud, Isabella Quarini de Varga était allée s'étendre sur son lit, sans même ôter son tailleur bleu ciel. Elle ne dormait pas, ne lisait pas, n'avait point éteint la lumière. Elle continuait de penser à toutes sortes de choses — à des choses passablement idiotes, — elle ne cessait de se demander pourquoi elle avait bien pu s'amouracher d'une voix et si ce n'était point folie que de s'amouracher d'une voix. Tant et si bien qu'un peu après minuit, elle entendit son frère — il avait pris un taxi — qui rentrait faisant un boucan de tous les diables, tant pour ouvrir la grille que la porte de la maison, tant pour donner de la lumière que pour ouvrir, cette fois, toute une succession d'autres portes. Arturo, lui, ne rentra seulement que vers deux heures du matin, — le vrombissement d'une Ferrari est nettement reconnaissable.

Dix minutes plus tard, cependant qu'elle l'attendait assise sur son lit, Isabella entendit grincer la poignée de la porte, et il entra :

— Excuse-moi, je me suis attardé un peu plus que je n'aurais voulu.

Oui, elle le savait bien, il était allé faire son tour de chant à *La Méduse* ou au *Cyrano* ; et la fougue qu'il mettait à interpréter ses chansons, tout autant que les filles qui traînaient dans ces boîtes-là, avaient toujours raison de lui. Les filles, surtout, qui ne lui donnaient pas un sou, mais qui, l'invitant à leur table, l'y faisaient si bien boire et manger qu'il avait l'illusion de la célébrité. Et c'était pour cela qu'il rentrait tard.

— Ça ne fait rien, dit Isabella en s'allongeant sur le lit. « Je voulais seulement te dire que la police va venir t'arrêter. Elle sera là dans quelques minutes. »

Elle ne le regarda même pas. L'air qu'il pouvait avoir ne l'intéressait guère, mais elle entendait que sa voix, professionnellement caressante, se faisait brusquement rauque :

— Tu as appelé la police ? Arturo se tenait

debout devant elle, dans son petit smoking d'ex-vendeur à la sauvette, de calicot endimanché. « Pourquoi tu l'as appelée ? »

— Parce que tu as tué Marcella, dit Isabella, toujours allongée sur le lit, dans son beau tailleur bleu ciel avec les souliers assortis. Plus femme du monde que nature, mais impitoyable, elle poursuivit : « Tu es arrivé à la convaincre de partir, en lui donnant les clefs de la 1200 et après lui avoir fait boire du thé dans lequel tu avais fait dissoudre des comprimés de *Vantotal*. Or ce *Vantotal* se trouve être, comme par hasard, le somnifère que je prends de temps en temps et que tu as tout naturellement subtilisé dans ma salle de bains. Tu savais très bien qu'au bout de vingt minutes, une demi-heure maximum, Marcella ne serait plus en état de conduire et qu'elle courrait à la mort. Oui, un accident. Et c'est précisément ce qui s'est produit... »

Arturo fit un pas vers elle :

— Tu divagues, ou quoi ?

— Non, je ne divague pas : tu voulais supprimer Marcella et tu es arrivé à tes fins.

Il fit un nouveau pas dans la direction d'Isabella :

— Essaie de te calmer, Isa. Tu as peut-être trop bu, ou alors c'est que c'est moi et que ça me donne des hallucinations.

— Je regrette, dit-elle, implacable, les hallucinations n'ont rien à voir là-dedans. Je suis en train de te dire que tu as assassiné Marcella — le crime parfait, — en la mettant en voiture bourrée de somnifère pour qu'elle aille, à coup sûr, se tuer quelque part.

— Pourquoi j'aurais fait ça ? (Le pâle Arturo commença d'élever la voix.) Qu'est-ce que j'en ai à foutre, moi, de tes bonniches ? Pourquoi je leur tournerais autour ?

Isabella s'assit sur le lit :

— Parce qu'elles sont mignonnes, jeunes, plus jeunes que moi, et qu'elles te plaisent davantage ; parce qu'elles sont ici, à la maison, et que tu les as sous la main. Seulement voilà, tu n'as pas pensé qu'une de ces domestiques, Marcella, se prévaudrait de tes attentions, de tes privautés, pour te faire chanter, en te disant qu'elle allait tout me raconter si tu ne l'épousais pas vraiment comme tu le lui avais promis. Car, bien sûr, tu promets le mariage à toutes tes conquêtes, en oubliant seulement un petit détail : c'est que tu es déjà marié. Je n'ai même jamais cherché à savoir avec qui. Et tu avais peur, oui, si peur qu'elle me raconte tout que tu l'avais même aidée à obtenir son permis, car tu ne tenais surtout pas à perdre la place que je t'avais faite ici, auprès de moi, dans cette maison — je me demande bien pourquoi, — et où tu étais comme un coq en pâte. (Elle se leva, honteuse d'être tombée si bas ; et, bien qu'elle parlât à mi-voix, son ton se fit plus glacial encore.) Et qu'as-tu fait, dis-moi, pour ne pas perdre cette place ? Tu as bourré d'argent cette pauvre Marcella, en lui conseillant de retourner dans son pays, à Mogliano Veneto, et en lui disant que tu l'y rejoindrais. Tu l'as aussi bourrée de promesses, l'assurant que tu allais bientôt l'épouser ; et tu l'as enfin bourrée de somnifère pour qu'elle aille s'écraser contre quelque chose, en conduisant la Fiat. Comme cela, tu te débarrassais à jamais de cette « bonniche », comme tu dis, de cette jeune fille naïve et passionnée, mais qui risquait de briser ta carrière. (Ayant dit, elle le rejoignit, le dépassa et ouvrit la porte de la chambre.) Il vaut mieux que tu files : j'ai appelé la police, et elle ne doit plus être loin maintenant.

Arturo ne bougea pas et, parfaitement immobile, se contentant de la suivre du regard, il dit :

— Tu as rêvé tout ça. Après quatre comprimés de *Vantotal* et quatre verres de vodka, hein ?...

S'appuyant à la poignée de la porte, car elle se sentait soudain très faible, Isabella dit :

— Non, je n'ai pas rêvé. C'est Véroutchka qui m'a dit tout ça. Véroutchka, cela te rappelle peut-être quelque chose, non ? (Elle eut un petit sourire ironique.) C'est la cuisinière, une amie de Marcella, et Marcella lui racontait tout...

Arturo l'interrompit, sarcastique :

— Et comment Véroutchka peut-elle savoir que j'ai mis du *Vantotal* dans le thé de Marcella ? (Il respira un grand coup.) Tu divagues, Isa, tu ne peux pas croire les ragots de cette fille.

Quand il l'appelait Isa, elle se sentait bêtement, puérilement émue, et il lui fallut faire un effort sur elle-même pour se dominer.

— Ne perds pas de temps, dit-elle d'un ton ferme. Après ce que Véroutchka m'a dit, j'ai appelé la police. Ils seront là dans quelques minutes. Véroutchka ne sait évidemment pas que tu as fait boire à Marcella du *Vantotal* dans son thé, et c'est la police qui l'a découvert grâce à l'autopsie. Si tu veux filer, il ne te reste plus grand temps. Je ne te conseille pas de prendre la Ferrari, elle est trop voyante ; il vaut mieux que tu partes à pied.

S'il était resté, cela aurait voulu dire qu'Arturo était innocent, qu'il ne craignait pas la police, que tout cela n'était seulement que les calomnies d'une cuisinière jalouse. Et Isabella se raccrocha un moment à cet espoir : ce n'était pas lui, ce n'était pas lui, ce ne pouvait être lui. Mais il tordit la bouche en une affreuse grimace pleine d'amertume — on aurait dit qu'il voulait lui cracher au visage, — et elle le vit courir gauchement vers la porte de la chambre et disparaître.

Quelques minutes plus tard, elle entendit le vrombissement de la Ferrari qui s'éloignait : les crétins sont toujours des crétins. Et, bien qu'elle lui eût recommandé de ne pas partir avec une voiture aussi reconnaissable, Arturo avait pris la Ferrari. Alors elle referma la porte et alla s'asseoir sur le lit. Ce qu'il y avait de curieux, dans cette faillite d'elle-même et de ses sentiments, c'était qu'elle n'avait absolument pas alerté la police.

(Titre original : *La signora ha freddo.*)

LE VIEUX Y EST ARRIVÉ

Il était déjà tard quand il avait quitté le bureau, car l'administrateur délégué l'avait retenu près d'une heure — le chargeant pratiquement des destinées de l'affaire, — mais il avait tout de même trouvé le temps de faire un saut chez le médecin, lequel s'était efforcé de le rassurer : « Aujourd'hui, c'est une opération de rien du tout. » Mais il avait, quant à lui, trop d'amis médecins pour ignorer que c'était là une dernière, une inutile intervention qui ne lui laissait guère d'espoir de s'en tirer. Et il s'était contenté de dire : « Oui, oui », comme s'il ne doutait point des paroles du docteur, alors que la seule chose à laquelle il croyait fermement et dont il était vraiment sûr — tandis que le médecin lui montrait sa radio en la commentant avec une bonhommie excessive qui ne le pouvait abuser, — c'était que, dans un an tout au plus, sa femme, son fils et sa fille seraient venus le trouver au cimetière. Et il les imaginait déjà debout devant sa tombe.

Après avoir pris congé du docteur, et tandis qu'il regagnait son domicile au volant de sa voiture, il s'efforça de penser à autre chose. Il y parvint presque, s'arrêta même devant un bar, y but un apéritif — plus rien ne pouvait lui faire de mal à présent — et y acheta une bouteille de mousseux pour fêter le grand événement de la journée. Quand enfin il sonna chez lui, toute sa famille — sa femme si jeune, si fraîche, ses deux enfants, le *teddy boy* et la *teddy girl* comme il les appelait, — oui toute sa famille se précipita au-devant de lui, l'interrogeant anxieusement du regard, attendant la nouvelle depuis si longtemps espérée.

— Bonsoir ! Cette fois, c'est la bonne : le vieux y est arrivé, dit-il en tendant la bouteille de mousseux à sa femme. C'était lui, le vieux. « A partir de ce soir, il vous faut tous m'appeler monsieur le directeur général... »

Hé ! oui, puisque c'était justement ce soir-là que l'administrateur délégué venait de lui annoncer sa nomination à ce poste qui couronnait sa carrière.

Alors tout le monde l'embrassa joyeusement, mais personne ne lui demanda s'il était allé chez le médecin. Personne ne pensait à cela.

(Titre original : *Il vecchio c'è riuscito.*)

UNE NUIT DE LUNE

Ce fut par une nuit de lune qu'il découvrit qu'il avait tué le père de sa femme.

C'était le quatorzième ou le quinzième jour de leur voyage de noces ; et ils se tenaient tous deux sur la terrasse de l'hôtel, regardant en contrebas le calme et terne petit jardin que la pleine lune argentait, lui donnant un aspect quasi féérique qu'il n'avait évidemment pas de jour, banal et tiré au cordeau comme il l'était. Et ils continuaient de se découvrir l'un l'autre, ou mieux de se feuilleter mutuellement comme de grands livres mystérieux qu'on préférerait lire d'un coup, tout de suite, sans devoir les déchiffrer lentement, page après page, ligne par ligne. Et elle lui dit que cette lune lui rappelait de bien pénibles souvenirs ; et il lui demanda de quoi elle voulait parler. Ce fut ainsi qu'elle lui raconta comment un soir, bien longtemps avant de l'épouser, elle avait été reconnaître le corps de son père qu'un chauffard avait renversé et tué sur la grand-route qui traversait leur petit village. Elle se souvenait encore de la longue avenue plantée d'arbres qui menait à l'hôpital et que la lune, passant au travers du feuillage, tapissait de mouvantes taches de lumière. Elle l'avait parcourue deux fois, cette avenue, à l'aller et au retour... Et toutes ces taches de lumière, tout ce clair de lune, demeuraient indissolublement liés dans son souvenir à l'image du corps affreusement mutilé de son père, à l'inutile rancune aussi qu'elle gardait depuis à celui qui l'avait tué et qui s'était enfui, demeurant à jamais inconnu.

— On rentre ?... dit-il brusquement.

Ses mains, sa nuque, ses tempes étaient brûlantes, car, depuis qu'elle lui avait dit le nom de son village — lequel lui donnait, encore maintenant, un obscur sentiment de remords, — depuis aussi qu'elle lui avait dit l'heure, le jour, ou plutôt la nuit — une nuit de pleine lune — où l'accident s'était produit, l'assassinat même — encore qu'il ne fût point prémédité, — il ne pouvait absolument plus douter d'être le coupable.

— Oh ! non, dit-elle, restons encore un moment. C'est si beau avec toi...

Et elle appuya tendrement sa tête blonde contre l'épaule de son mari.

(Titre original : *Una notte di luna.*)

A LA MÉMOIRE D'ULYSSE

Donc, ils allèrent à l'enterrement d'Ulysse, à l'enterrement du canari. Mais il ne faudrait pas croire qu'il y allèrent comme ça, de leur plein gré. Non, c'était parce que Furio leur avait dit qu'il ferait le lendemain de vraies funérailles à son canari et que, rien qu'à le voir avec ses yeux encore tout rouges d'avoir pleuré et le calibre 9 qui gonflait son veston en bas à droite, ils lui avaient tous, tout de suite et sérieusement, promis d'y assister. Et le lendemain — il pleuvait dru, — cinq voitures se dirigèrent à la queue leu leu vers la campagne. La dernière qui assurait les arrières, était celle des trois gardes du corps ; l'avant-dernière, le coupé sport de Gina la Fatigue où se trouvaient aussi les deux autres nanas de ces messieurs ; celle d'après, la Mercedes du lieutenant de Furio, un tordu qui courait salement le risque, en venant à cet enterrement, de se faire piquer par les flics et de retourner illico là où on l'avait mis à l'ombre et d'où il s'était évadé en butant deux, trois gardiens. La suivante, c'était la Fiat 1800 des deux « administrateurs-comptables » ; et la première, celle qui ouvrait la marche, l'Impala de Furio où il se tenait, tout en noir, comme muré dans son chagrin, avec, auprès de lui sur le siège, une boîte de bois doré sur laquelle était vissée une petite plaque d'or massif où se lisait le nom du canari défunt : *Ulysse*.

Quand ils arrivèrent enfin, toujours sous la pluie, à la villa du bord du lac, ils rangèrent les cinq voitures le long de l'allée principale du jardin. Furio descendit alors de l'Impala portant la boîte en bois doré, et il s'accroupit devant une plate-bande. Puis il creusa de la main dans la terre humide, près d'un arbuste rose, un trou assez profond et y déposa la boîte qui contenait les restes du seul être qu'il eût vraiment aimé en ce bas monde. Oui, le seul être avec lequel il avait été bon, au point même de ne plus penser aux bons-hommes qu'il avait descendus ou fait descendre, d'oublier jusqu'aux ignominies qu'il avait pu commettre. Le seul être envers qui il s'était depuis des années montré gentil, humain, généreux, compréhensif. Toujours prêt à lui donner toutes sortes de graines, heureux rien que de pouvoir le contempler dans sa cage, mais parfaitement odieux et cruel avec le reste du monde.

Après qu'il eut soigneusement recouvert de terre la petite boîte, Furio se releva et dit :

— Si quelqu'un a envie de rire qu'il le fasse vite, mais ce sera bien la dernière fois...

Et tous pensèrent alors à son calibre 9 ; et Furio essuya ses yeux baignés de larmes.

(Titre original : *In ricordo di Ulisse.*)

LES FEMMES NE SAVENT PAS ATTENDRE

Elle entra dans la chambre et vit qu'il achevait de remplir la grosse valise :

— Pourquoi t'emportes tout ça ? Tu pars seulement que pour dix jours.

— Parce que je me tire, dit-il en mettant aussi dans la valise le passe-partout qui contenait la photo le représentant debout auprès de son camion-remorque.

— Pourquoi ? T'es pas fou, non ? dit-elle en se forçant à rire.

Il ferma la valise et alla la porter dans l'entrée. Cela fait, il tira vingt mille lires de la poche de poitrine de sa combinaison, et les déposa devant elle sur une chaise :

— Ça te servira à payer ce que tu as encore à la bourre.

Puis il se rendit à la cuisine, prit une bouteille de bière dans le réfrigérateur, en fit sauter la capsule d'un coup de son gros et terrible pouce et se mit à boire lentement, au goulot.

— On me lâche pas comme ça, moi, tu sais, cria-t-elle.

— Monte pas sur tes grands chevaux, dit-il, ça sert à rien. C'est pas de ta faute ; je te reproche rien, remarque. Je suis toujours à vadrouiller avec le camion, je suis là que deux ou trois fois par mois, alors, bien sûr, t'as du temps de reste. Tu tiens le coup un an, un an et demi, et puis t'en prends un autre pour quand je suis pas là. T'es pas la première, ma petite... Ça fait déjà trois fois que je remonte mon ménage, que je me mets avec une fille. Au début, elles me font un drôle de cirque parce que je les laisse toujours toutes seules ; et, chaque fois que je reviens, elles sont folles de joie, elles me sautent au cou. Puis le temps passe, quelques mois, un an, des fois plus, et je vois qu'elles deviennent plus calmes, qu'elles hurlent plus parce que je suis jamais là, qu'elles chialent plus quand je m'en vais et qu'elles ne sautent pas non plus au plafond quand je reviens... C'est des signes qui trompent pas : ça veut dire qu'elles m'ont trouvé un remplaçant. Je me tire, et il arrive ; j'arrive, et il se tire. Et me dis pas que c'est pas vrai, parce que j'ai trouvé un paquet de cigarettes bout filtre et que je fume pas des saloperies pareilles, moi. Salut ! Bonne chance pour vous deux. C'est pas de ta faute, c'est le métier qui veut ça. Salut !...

Et il s'en alla, résigné, sans colère : les femmes ne savent pas attendre.

(Titre original : *Le donne non sanno aspettare.*)

LA PÊCHE A L'ANGUILLE

Rome, un vilain soir de mai. Il ne pleuvait pas, mais il y avait tant d'humidité dans l'air que c'était tout comme. Achille Mursoli longeait le Tibre sur le quai de Mars, s'efforçant, en évitant les lampadaires, de demeurer le plus possible dans les zones les moins éclairées, — car il avait tout intérêt à ne pas trop se faire remarquer. Il y a toujours quelqu'un qui lit les journaux, et sa photographie avait été publiée dans les principaux quotidiens italiens et français, de même que dans nombre d'hebdomadaires illustrés. Bien qu'il ne tirât pas l'œil, son costume de clergyman, fort judicieusement choisi et qui pouvait faire illusion sur le moment, n'aurait point donné le change à un observateur attentif, autant dire à un policier.

Le faux clergyman tenait à la main une modeste mallette, une vraie mallette d'ecclésiastique, mais qui toute modeste qu'elle était n'en contenait pas moins plus de cent mille francs français. De fait, Achille Mursoli, quoique Romain, venait d'assez loin, de Lyon. Ou plus exactement d'une succursale du Crédit Lyonnais de cette ville où, en un raid éclair de commandos, il avait pu rafler près d'un demimillion de francs, grâce au concours indiscutablement efficace de trois copains corses. Après s'être partagé le magot, ayant tous quatre revêtus des déguisements préparés à l'avance, ils avaient aussitôt filé chacun de leur côté. Achille, lui, était revenu à Rome où il savait trouver de l'aide et des planques. Et tout se serait très bien passé si l'un des trois Corses ne s'était fait pincer par la police, laquelle, le pressant de questions, lui avait demandé comment il se faisait qu'il avait tant d'argent sur lui, pour quelle raison il avait tiré sur les deux agents qui lui demandaient — ou plutôt qui lui « avaient » demandé — ses papiers et, surtout, pourquoi il s'était déguisé en belle fille brune alors qu'avec sa carrure avantageuse, il était on ne peut plus représentatif de la virilité corse. Encore qu'étayé d'arguments discutables, l'interrogatoire avait été si convaincant que la « belle brune » avait mangé le morceau et donné les noms de ses complices en moins d'une heure.

En conséquence de quoi, les photographies de l'Italien Achille Mursoli et de ses trois copains avaient été publiées dans les journaux italiens et français. A ce moment-là, Achille, ayant déjà passé la frontière, se trouvait tout près de Florence, dans un train qui roulait vers Rome.

Que pouvait-il faire ? Avec son costume de clergyman, sa modeste mais précieuse mallette, son petit mais terrible revolver français dans la poche de son veston — là où se trouve d'ordinaire la Bible, — Achille ne pouvait rien faire d'autre que continuer son voyage et lire ce qu'écrivaient de lui quelques journalistes imaginatifs qui affirmaient, noir sur blanc, qu'il était *le cerveau du hold-up le plus audacieux de l'année*.

Mais, la police connaissant ses nom, prénom, son visage aussi, Rome, au lieu d'un refuge, n'était plus maintenant qu'un piège qui pouvait se refermer sur lui à tout instant. Craignant même de prendre un taxi, le « Rév. » Achille Mursoli avait traversé à pied la moitié de la Ville éternelle, se dirigeant vers ces quartiers historiques qui, du Quirinal, s'étendent jusqu'au Tibre. Ne les ayant jamais fréquentés, il espérait bien n'y rencontrer personne qui l'y pourrait reconnaître, — même sous son déguisement d'homme d'église.

Soudain, cheminant toujours le long du Tibre, il avisa de l'autre côté du quai l'enseigne d'un petit restaurant. Il était dix heures passées, et il avait faim. Rêvant d'un plat de *fettuccine* (1), il s'arma de courage et entra.

Le restaurant — vu l'habitude qu'ont les Romains de dîner tard, — le restaurant était encore plein. Mais un serveur obligeant lui dénicha une petite table, si petite même qu'elle ressemblait davantage à un tabouret de cuisine qu'à une vraie table, et qui se trouvait dans un coin sombre, tout près

(1) Les *fettuccine* sont des nouilles plates aux œufs qui s'accommodent, entre autres, soit au jus de viande, soit au beurre. (N. d. T.)

d'une trappe qui menait à la cave et dans laquelle, la distraction aidant, le pieux client risquait fort de tomber avec sa chaise.

Mais ce coin était le meilleur qu'il pouvait souhaiter, sombre, un peu à l'écart, hors de portée de la curiosité des clients. Et puis il avait encore un autre avantage d'importance : la cabine téléphonique en était à deux pas. Les restaurants romains n'ont presque jamais de cabine, mais, coup de chance, celui-ci en avait une.

Achille Mursoli mangea d'abord ses *fettuccine* avec une dextérité qui est rarement le fait des clergymen. Puis il se fit donner deux jetons de téléphone par le serveur et, tandis qu'on lui préparait une portion de poulet aux poivrons, il gagna la cabine et forma le numéro d'appel d'Evelina : c'était une charmante dame qui frôlait dangereusement la cinquantaine, habitait les Parioli (1) et aimait, telle Messaline, à s'encanailler. Elle avait au surplus une passion pour le whisky, le vin, et portait un titre nobiliaire dont il ne se souvenait jamais. Baronne, comtesse, marquise ou Dieu sait quoi.

Ce fut précisément elle qui lui répondit :

— Allô ?

— Ici Achille.

— Oui, j'ai tout de suite reconnu ta jolie voix de bourreau des cœurs. (Evelina était naturellement d'humeur badine ; mais, à cette heure-là, l'alcool la rendait encore plus folâtre.) J'ai vu qu'on parlait

(1) Les Parioli : quartier résidentiel moderne un peu snob, au nord-nord-est de Rome, et qui fut très en faveur au lendemain de la dernière guerre. (N. d. T.)

de toi dans les journaux, dit-elle en roucoulant et comme s'il ne s'agissait là que d'une chose sans importance.

— Tu pourrais pas me planquer chez toi ?

— Bien sûr que si : on ne résiste pas à une belle petite gueule comme la tienne.

La voix d'Evelina, déjà, vibrait d'une langueur que gouvernaient d'obscurs instincts ancestraux et qui devait aussi, évidemment, à tout l'alcool qu'elle avait bu.

— Peux-tu venir me prendre avec ta voiture, dans une petite heure ?

— Bien sûr, mon amour. Mais où ça ?

— Viens quai de Mars, fais deux, trois aller et retour entre le pont Cavour et le pont Humbert Ier, et je t'arrêterai quand il faudra. Qu'est-ce que tu as en ce moment comme voiture ?

— Une berline Fiat 124, bleu foncé comme tes yeux, trésor.

— Vu. Je t'attends, mais viens pas plus tard que onze heures et quart. Merci, amour de ma vie.

— Oh ! je t'en prie, ne m'appelle pas comme ça ou je vais me trouver mal. Entendu, je serai là à onze heures et quart.

Une fois chez Evelina, il y serait aussi en sûreté qu'un nourrisson dans les bras de sa mère. Qui penserait jamais à l'aller chercher aux Parioli, dans l'appartement solitaire d'une dame aussi bien, titrée même, veuve d'un homme politique connu, apprécié de tous pour la vigueur de ses interventions au Parlement, mais beaucoup moins par sa femme qui le trouvait plutôt mollasson. De plus, Evelina pouvait, si nécessaire, le cacher ailleurs que chez elle, le faire passer à l'étranger. L'amour qu'elle lui portait était tout ensemble si tendre et si passionné qu'il avait vu juste quand il avait pensé qu'elle ne refuserait point de lui venir en aide.

Bien sûr, Achille Mursoli avait également des amitiés masculines, des copains, des « potes » ; mais il ne savait que trop que, dans le milieu, il n'est point d'amitié qui tienne dès l'instant qu'on se trimballe avec plus de cent mille francs dans une mallette.

Il était onze heures cinq quand il sortit du restaurant. Il flânocha le long du quai de Mars, évitant les passants, guettant les rares voitures. Il avait dîné copieusement, et l'air frais de la nuit lui fit du bien. Ce fut à l'instant où, faisant demi-tour, il allait redescendre le quai pour la troisième fois qu'il vit approcher lentement une berline Fiat bleu foncé, laquelle dans la pénombre paraissait noire. Alors Achille Mursoli se dirigea résolument vers la voiture en agitant la main pour se faire reconnaître.

A l'aube, Rome comptait deux cadavres de plus. Le premier, qu'on découvrit aux Parioli, était celui d'une dame de la bonne société, la baronne Evelina Clivoli, qui quoique frisant la cinquantaine était encore fort plaisante. Elle avait la nuque fracassée ; et des blessures faites au moyen d'une arme tranchante, aux endroits les plus sensibles de son corps, prouvaient qu'on l'avait torturée.

Quant au second cadavre, qu'on ramassa sur le quai de Mars, il intrigua d'abord, mais pas très longtemps, les gars de la brigade criminelle. Qui pouvait bien avoir étranglé ce clergyman aux yeux si bleus, aux yeux tellement anglo-saxons ? Puis les gars en question découvrirent dans la poche de ce curieux ecclésiastique, là où ils pensaient trouver la Bible, un petit colt de fabrication française et un passeport au nom du Rév. Coletti Antonio, passeport qui se révéla être faux après que les services de l'Identité judiciaire l'eurent minutieusement examiné. Donc ledit révérend, qu'on avait vilainement étranglé, puis achevé en le frappant violemment à la tête, ledit révérend n'était pas un vrai révérend. Ce même jour, en fin d'après-midi, la brigade criminelle parvint à établir sa véritable identité : il s'agissait en fait d'un certain Achille Mursoli, l'un des quatre bandits qui avaient participé au hold-up du Crédit Lyonnais, de celui que les journaux français appelaient *le terrible Italien.* Tout terrible qu'il était, il avait trouvé à Rome quelqu'un qui l'était encore bien plus que lui.

Pour ceux de la brigade criminelle, le cadavre le plus important fut évidemment celui d'Achille Mursoli. On savait, par les aveux du Corse arrêté par la police française, que les quatre complices s'étaient partagé le butin — un peu plus de cent mille francs chacun — avant de se séparer. Où étaient donc passés les cent mille francs d'Achille Mursoli ? Où les avait-il cachés, à qui les avait-il confiés, ou qui les lui avait pris ? Il était plus que probable que le « Rév. » Achille avait été tué à cause de ces francs-là, mais il était bien possible aussi que, prévoyant le pire, il les avait déjà cachés. Mais où, chez qui ?

Les repaires de la pègre romaine furent passés au peigne fin ; les mouchards appointés, menacés de prison s'ils ne renseignaient pas mieux la police. Quant aux banques et bureaux de change, on les pria instamment de vérifier avec soin l'identité de toute personne qui changerait des francs français, même en petite quantité.

A part cela, un grand costaud d'inspecteur, un Florentin, fut chargé de s'occuper de l'autre cadavre ; celui de la baronne Evelina Clivoni. Ce policier s'appelait Lungherna, mais ses collègues l'avaient plaisamment et affectueusement surnommé Lungarno (1). Dès l'instant qu'il fut chargé d'enquêter sur la mort de la baronne, avec le concours d'un collègue et de l'Identité judiciaire, il fit une constatation qui, pour n'être point géniale, n'en était pas moins marquée au coin du bon sens : la baronne et le faux clergyman, ainsi qu'il ressortait des conclusions du médecin légiste, avaient été tués la même nuit, presque à la même heure et de la même façon, du moins quant au coup de grâce qui leur avait fracassé la nuque, vraisemblablement au moyen d'un pesant objet contondant. Ne fallait-il pas voir là quelque corrélation entre la baronne et le faux clergyman, se demanda et demanda innocemment le grand Florentin au chef de la brigade criminelle ?

Celui-ci le regarda de travers. Les hypothèses ne manquaient point qui, déjà, se bousculaient autour de l'assassinat d'Achille Mursoli, et voilà maintenant que ce Lungarno lui en proposait encore une autre. Mais il se contint, et dit seulement à ce Toscan si visiblement désireux de bien faire :

— Si tu trouves jamais un lien quelconque entre

(1) *Lungarno* signifiant « quai de l'Arno », l'Arno traversant Florence, l'inspecteur en question étant Florentin, ses collègues trouvent évidemment plaisant de l'appeler Lungarno au lieu de Lungherna. (N. d. T.)

la morte des Parioli et le cadavre du quai de Mars, envoie-moi une carte postale. D'autant que les facteurs sont toujours en grève... Et n'oublie pas non plus un petit bonjour à Florence.

Ayant dit, il donna paternellement une petite tape sur l'épaule de son subordonné.

Et Lungarno se mit aussitôt à rechercher quel rapport il pouvait bien y avoir entre les deux cadavres. La baronne Clivoli n'avait seulement à son service, dans son élégant appartement des Parioli, qu'une femme de ménage qu'elle payait à l'heure. Pour le reste, elle avait recours, comme beaucoup de gens, aux services d'entreprises de nettoyage spécialisées. Lungarno et son collègue, un nommé Pietro, retrouvèrent ladite femme de ménage — une certaine Teresa, âgée d'une bonne soixantaine d'années — et la convoquèrent à la Questure (1) pour l'y interroger.

— Dites-nous un peu quelles étaient les habitudes et les fréquentations de la baronne ? demanda Lungarno.

Il s'attendait à la réponse classique : « Ha ! moi, je sais rien, j'ai rien vu. Qu'est-ce que vous voulez que je sache ? »

Mais, à sa grande surprise, la femme de ménage répondit nettement, carrément, à la romaine :

— Quelles habitudes et fréquentations vous voulez que ce soient ? Celles d'une...

Et elle dit un mot bien senti, qui en disait long. Lungarno ne cilla pas :

— Qu'est-ce qui vous fait dire ça ?

La vieille Teresa n'y alla pas par quatre chemins :

(1) Voir note page 8. (N. d. T.)

— Y a pas besoin d'être le Nero Wolfe (1) de la télé pour le savoir. Voyez-vous, mes enfants, je prenais mon service chez cette baronne, comme on dit, chaque matin à huit heures, et je la trouvais presque toujours sur le divan du salon, au milieu d'un tas de bouteilles, dans les bras d'un type — ça changeait toutes les semaines, comme au cinéma, — et, dès que j'arrivais, elle me disait : « Teresa, prépare-nous des spaghetti », et je lui répondais : « Oui, madame. » Mais je préparais rien du tout, vu qu'ils étaient tous les deux soûls comme des bourriques et qu'une minute après, ils se souvenaient plus de rien. Et fallait voir, mes pauvres enfants, quelle racaille que c'était, ces jeunots-là... J'ai un fils tout pareil, alors vous pensez si je m'y connais... (Elle secoua la tête, les yeux secs). Ça me fait gros cœur de le dire parce que c'est tout de même mon fils, mais il est en taule depuis trois ans — il y a déjà été deux fois, mais, dès qu'il en sort, c'est toujours pour faire quelque grosse bêtise, et il y retourne aussitôt, — alors vous pensez si je repérais tout de suite ces saletés de jeunots, ces vauriens qui grugeaient cette pauvre baronne. Tous des bandits, des voleurs à la sauvette, des barbeaux à la manque, peut-être même des cambrioleurs, sans compter deux, trois assassins. Mes pauvres enfants, au lieu de traîner comme ça à l'aveuglette, vous qui êtes de la police, vous feriez

(1) Nero Wolfe : célèbre détective amateur américain, né de l'imagination de Rex Stout, et à ce point obèse qu'il en est quasiment impotent. Les téléspectateurs italiens ont pu suivre sur le petit écran, et durant plusieurs semaines, quelques-unes de ses aventures interprétées par l'excellent et corpulent Tino Buazzelli. (N. d. T.)

mieux de jeter un œil du côté du grand monde : y a là des maisons où que vous perdriez pas votre temps.

Lungarno et Pietro encaissèrent le coup sans broncher, puis le Florentin demanda :

— C'est tout ce que vous savez au sujet de ces garçons ? Vous ne pourriez pas nous donner, je ne sais pas moi, quelques noms, des signalements ?

— Minute ! Faudrait être une encyclopédie pour ça : y en avait tellement... C'est pas pour dire du mal de cette pauvre baronne, remarquez, elle me payait bien et personne aurait jamais donné à une vieille bique comme moi ce qu'elle me donnait. Mais si vous saviez comment qu'elle me traitait, comment qu'elle m'insultait, vu qu'elle était toujours ronde...

— Mais vous ne pouvez rien nous dire non plus du dernier garçon, de celui qui était ces jours-ci avec la baronne, juste avant qu'on la tue ?

— Ben, vous savez, cette racaille, je restais pas là à la regarder comme des tableaux de maître. Je cherchais plutôt à rien voir, à rien entendre ; et, quand le type s'en allait et qu'elle se jetait sur son lit assommée par la boisson, je respirais un air plus pur. De temps en temps, je l'entendais geindre et murmurer le nom du jeunot. Y en avait un qu'elle appelait Gianni, ça me revient maintenant, un autre Gustavino, et le dernier qu'elle serrait dans ses bras, qu'elle voulait pas lâcher, celui-là elle l'appelait Ciriolo, « mon petit Ciriolo ».

— Mais !... C'est un nom ou un surnom ?

— Vous avez déjà vu un nom comme ça, vous ? Et ça se dit policier !...

Lungarno encaissa de nouveau, sans sourciller.

— Et son signalement ? demanda-t-il. Il ressemblait à quoi ?

— Une armoire à glace. La pauvre baronne avait un faible pour les malabars.

— Brun ?

— Vous parlez ! Une vraie bouteille d'encre, noir de la tête aux pieds. (Et elle le décrivit quasi photographiquement.) Allez-y, mes garçons, et arrêtez-moi toute cette racaille : c'est sûrement un de ces jeunots qui a tué la baronne.

Maintenant il ne leur restait plus qu'à retrouver dans Rome un garçon très brun, large comme une armoire à glace et qu'on appelait Ciriolo.

— Ciriolo ? Ça doit vouloir dire quelque chose, non ? demanda Lungarno à Pietro qui, lui, était Romain.

— Oui, *ciriolo,* ou plutôt *ciriola,* c'est le nom d'une petite anguille. Et on le donne par ici à celui qui vous glisse entre les mains et que l'on n'arrive jamais à attraper. Si le type en question s'appelle comme cela, c'est sans doute qu'il a échappé des tas de fois à la police, autant dire à nous autres.

Le désir de bien faire toscan et l'entêtement romain se complétant à merveille, les deux inspecteurs se mirent aussitôt à la recherche dudit Ciriolo, de la petite anguille. Mais ç'aurait été le diable qu'ils parviennent à lui mettre la main dessus. Et, de fait, ils ne le trouvèrent pas.

Ils ne trouvèrent seulement qu'un gamin de quinze ans, déjà pourri comme le serait le trognon de la pomme du Paradis terrestre si l'on avait voulu le conserver jusqu'à nos jours, lequel gamin, tremblant de peur pour quelques peccadilles qu'il avait sur la conscience, leur avoua qu'il connaissait un certain Ciriolo, tout brun, qui tenait de l'armoire à glace, et qui avait quelques jours plus tôt défoncé le crâne de sa bonne amie d'un grand coup dans la nuque.

— Et elle vous en dira bien plus que moi sur Ciriolo, conclut le gamin.

— Comment s'appelle cette jeune fille ? demanda Lungarno.

— Jeune fille, si on peut dire... Ça faisait déjà huit ans qu'elle tapinait pour un autre quand Ciriolo s'est amené. Et il ajouta : « Elle s'appelle Luce. »

— A quel hôpital est-elle ?

— J'ai entendu parler de Saint-Jean-de-Dieu, mais j'ai rien vu, je sais rien, c'est des on-dit...

La fille s'appelait Lucia, mais son nom de guerre, sur le bitume, c'était Luce. Le coup qu'elle avait reçu à la nuque aurait dû la tuer ; mais, en fait — bien qu'étendue sur l'un des lits de l'hôpital Saint-Jean-de-Dieu, dans l'île Tibérine (1), avec l'air du fleuve qui entrait par la fenêtre ouverte, — elle n'était seulement que mal en point, comme une chatte tombée d'un cinquième étage, mais encore prête à griffer. Avec l'aiguille à sérum piquée dans le bras, la tête empaquetée comme un cadeau de Noël — il n'y manquait que des brindilles de sapin, — une cigarette aux doigts, Lucia, dite Luce, profession : péripatéticienne, raconta son

(1) Ile romaine, sise au milieu du Tibre, — d'où son nom. (N. d. T.)

histoire aux deux policiers, au Florentin et au Romain. Elle n'avait jamais beaucoup aimé parler à des flics, mais cette fois-ci cela lui fit plaisir, vraiment plaisir. Au reste, elle ne parla pas tellement longtemps.

— Oui, dit-elle, c'est Ciriolo. Je travaillais pour lui, il me rouait de coups, il me prenait mon fric, puis il allait voir la baronne. Justement, ce soir-là, il se trouvait chez elle et voilà qu'un gars téléphone. Comme il craignait tout le temps que quelqu'un la lui soulève, cette baronne, il lui a demandé comme ça : « Qui c'est qui te téléphone, ma jolie ? » Elle, qui était soûle comme toute la Pologne, elle lui a dit que c'était Achille, celui du hold-up de Lyon, et qu'elle allait aller le chercher. Ciriolo c'est pas une lumière, mais il comprend tout de suite, dans sa petite tête, que le nommé Achille vient d'arriver à Rome, avec sa part du magot du Crédit Lyonnais, pour se planquer chez la baronne. « Et où que tu vas le chercher, ma jolie ? » qu'il lui demande. Alors, toute soûle qu'elle est, elle commence à comprendre, elle veut rien lui dire.. Et Ciriolo se met à l'asticoter avec son couteau jusqu'à ce qu'elle se décide à parler : elle doit aller le chercher avec sa Fiat, sa 124, sur le quai de Mars, au bord du Tibre. Vu qu'elle lui a tout dit, Ciriolo s'en débarrasse d'un bon coup dans la nuque, le même qu'il m'a donné, — c'est sa spécialité, comme qui dirait du karaté. Puis il saute dans la Fiat, fonce quai de Mars, y repère Achille, le descend, toujours avec le même coup dans la nuque et après l'avoir à demi étranglé pour l'empêcher de crier, puis il lui pique sa mallette. Et voulez-vous que je vous dise où c'est qu'il va se planquer après ça ? Je vous le donne en mille : chez l'idiote qui vous parle. Quand il ouvre la mallette, de voir tout ce fric, ça lui fait comme un éblouissement : « Moitié-moitié, qu'il me dit. Tu me planques chez toi, et on partage. Tu sais combien de millions de lires ça fait, non ? » Alors je le planque ; au fond, je lui veux pas de mal, même s'il me donne des coups. Mais, sa frousse un peu tassée, quand il voit que la police s'occupe pas de lui, il regrette de m'avoir raconté cette histoire, d'être obligé de me donner la moitié, de se trouver comme qui dirait à ma merci. Et, comme il pense que je peux toujours le dénoncer, un soir, il me balance à toute volée son fameux coup dans la nuque, mais je crie si fort que ça lui fiche la frousse et qu'il se tire. C'est pour ça que je suis encore vivante. Alors maintenant je vais tout vous dire sur Ciriolo ; je connais même les noms de ses grands-parents, tant paternels que maternels, et aussi ceux de ses copains et copines. Tout et tout, quoi ! Vous le trouverez en une demi-heure, même s'il est déjà en enfer ; et, dès que vous le verrez, allez-y, dérouillez-le de première. Merci d'avance...

Lungarno la remercia aussi.

(Titre original : *Pesca alle anguille.*)

UN GENTLEMAN

Le trou se montait à près de quatre millions de lires. L'administrateur était justement en train de montrer les comptes au patron, en lui mettant sous les yeux toute une série de petits registres. Le vieux caissier, assis devant son bureau, se serrait les mains très fort pour les empêcher de trembler.

— Marchi, lui dit le patron, ne me racontez pas de boniments : vous n'avez pas pu dépenser quatre millions en cinq semaines.

— Il ne parlera pas, dit l'administrateur. Je l'ai interrogé hier soir, et il m'a dit qu'il ne lui reste plus un sou, qu'il a tout dépensé. Pour une femme.

L'administrateur eut une moue de dédain, et le patron l'imita. Tout s'expliquait : un vieux ramolli qui oubliait d'un coup tout un passé d'honnêteté laborieuse pour une petite garce.

— Très bien, dit le patron. Alors vous allez me donner le nom de cette femme, et je me charge de lui reprendre personnellement les fourrures, les bijoux et l'argent que vous lui avez donnés.

Mais il vit que le vieux Marchi faisait déjà « non » de la tête, avec la dernière énergie.

— Il veut dire qu'il ne vous le dira jamais, expliqua l'administrateur, avec une nouvelle moue. « J'ai passé toute la soirée d'hier à essayer de le convaincre de nous donner le nom de cette femme, mais il ne veut pas, absolument pas. »

Et il regarda le vieux Marchi, et le vieux Marchi n'arrêtait pas de secouer la tête : non, non, il ne le leur dirait jamais. C'était une mauvaise femme, la dernière des dernières, elle l'avait embobiné, ruiné, réduit à zéro, d'accord ; mais il était un gentleman, lui, et rien, jamais, ne pourrait l'obliger à parler, à donner son nom.

— Dans ce cas, téléphonez à l'avocat, et dites-lui de nous envoyer la police, dit le patron à l'administrateur.

Et il vit le vieux Marchi qui, tremblant, acquiesçait de la tête : oui, oui, qu'on l'arrête, c'était justice ; mais, quant au nom de la femme, personne, personne ne le saurait jamais.

(Titre original : *Il nome mai.*)

ON N'AURAIT JAMAIS CRU ÇA

Le garçon attendait depuis un bon bout de temps qu'une voiture s'arrête, mais elles ne remarquaient même pas ses signaux et fonçaient, chauffées à blanc par le soleil. Enfin, l'une d'elles stoppa tout de même. Une femme en tenait le volant ; elle était jeune et portait des lunettes noires.

— Montez, dit-elle.

Le garçon ne se fit pas prier. Un parfum entêtant flottait dans la voiture, qu'exhalait la jeune femme. Elle était très bronzée, en bain-de-soleil.

— Merci, dit le garçon.

Elle secoua la tête, et continua de conduire en regardant droit devant elle.

— Je vais assez loin, dit-il, mais vous me laisserez où vous voudrez.

Elle acquiesça d'un signe de tête. Le garçon ne pouvait s'empêcher de parler :

— Vous êtes en vacances par ici ?... demanda-t-il.

Elle était très belle.

— Non, dit-elle seulement.

Il s'y connaissait : cette voiture valait au moins deux millions de lires.

— Mariée ?... demanda-t-il.

Elle eut un soupir excédé :

— Qu'est-ce que ça peut bien vous faire ?...

Le garçon portait un léger tricot de coton blanc et un short ; de son genou nu, il effleura le genou nu de la jeune femme. Elle continua de conduire comme si de rien n'était. Ce ne fut seulement qu'au bout d'un moment qu'elle dit, plus excédée encore :

— Retirez votre genou, je vous prie. Moi, je ne peux pas, je dois laisser mon pied sur l'accélérateur.

Il retira son genou, mais pas tout de suite.

— Excusez-moi, dit-il d'une voix qui se voulait langoureuse, mais, nous autres hommes, vous savez ce que c'est, on tente toujours notre chance. Surtout l'été...

La jeune femme s'était de nouveau murée dans son silence. Elle roulait très vite, s'occupant seulement de la route qu'un brouillard de chaleur estompait un peu. Le garçon attendit encore une minute ou deux, puis posa brusquement ses lèvres sur l'épaule nue de la jeune femme. L'été lui montait à la tête.

Quand la voiture stoppa d'un coup, il manqua donner du nez dans le pare-brise. La jeune femme se tourna vers lui et ôta ses lunettes de soleil pour le mieux regarder. Elle avait des yeux très clairs, tout chargés de mépris.

— Mon petit, dit-elle, tu n'es pas assez riche pour moi : à Milan, je coûte trente mille lires.

Alors tiens-toi tranquille, ou descends. Compris ?...

Il s'écarta d'elle, déçu. On n'aurait jamais cru ça : elle n'avait pas l'air d'une putain ; on l'aurait plutôt prise pour une dame, une vraie dame.

— Alors tu te décides ? demanda-t-elle.

Et elle se pencha pour lui ouvrir la portière. Le garçon ne comprit pas très bien pourquoi elle faisait cela ; et il chercha à la retenir, à la prendre par la taille. Elle se rebiffa ; et ils en vinrent aux mains, haletants. Comme le désir avait fait place à la déception, celle-ci céda, chez lui, à la colère. La jeune femme lui résistait. Elle dégagea son bras droit et, brusquement, lui planta ses ongles dans la joue. Alors il la frappa, la fureur le submergeant, succédant à la colère. Il la frappa, la frappa jusqu'à ce qu'elle cessât de se débattre.

Elle gisait maintenant en travers du siège, à demi dénudée, indécente, impudique, la bouche bêtement grande ouverte. Pour le garçon, qu'elle fût morte ou non... Il descendit de voiture et partit à pied. Il tira de sa poche un mouchoir roulé en boule et se le passa sur la joue. Puis il reprit son chemin, en regardant, pensif, les taches de sang qui le maculaient.

« On n'aurait vraiment pas dit... », se répétait-il.

Et ce ne fut seulement que beaucoup plus tard qu'il commença de se rendre compte de ce qu'il avait probablement fait.

(Titre original : *Non sembrava proprio*.)

IL FAISAIT SI CHAUD

S'aidant d'un bout de fil de fer que lui avait donné un copain, il farfouilla dans la serrure jusqu'à ce que s'ouvre la petite porte de la grande cabine, — celle où l'on remisait les transats, les parasols, et où se voyait aussi un petit lit de sangles sur lequel le maître nageur se reposait durant les heures de canicule. Elle le suivit, puis s'assit avec lui sur le lit, dans le noir, le sable lui piquant les pieds, dans la touffeur de cette nuit de juillet, dans l'odeur du bois chaud qui ne parvenait point à se refroidir, dans le clapotis de la mer proche, tellement chaude, elle aussi. Elle savait qu'elle allait faire quelque chose de laid, quelque chose qu'elle ne devait pas faire ; mais elle avait si chaud, et les mains du garçon étaient si chaudes, elles aussi, sur ses épaules, comme était également chaud, très chaud même, le silence qui les entourait, et chaudes, chaudes les lèvres du garçon sur les siennes Soudain, du dehors, des voix leur parvinrent : une voix d'homme et une autre de femme, chaudes, elles aussi.

— Mais elle est ouverte..., dit, hésitante, la voix de femme.

C'était la porte de la cabine qui était ouverte.

— Je vois ce que c'est, dit la voix d'homme, y en a d'autres qui nous ont grillés. Viens, poupée, attendons qu'ils sortent. Allons faire un tour de balançoire...

— Ce n'est rien, t'inquiète pas, dit à sa compagne le garçon assis sur le petit lit.

Et bientôt elle entendit s'élever, dans le chaud silence nocturne de la plage, le grincement des anneaux métalliques de la balançoire, — sur laquelle les deux autres s'amusaient, en attendant leur tour : elle voulut fuir, fuir tout de suite, sa pudeur profondément blessée. Mais il faisait si chaud, si chaud, qu'elle n'y parvint pas, qu'elle resta.

(Titre original : *Il caldo.*)

UNE VRAIE AMITIÉ

Après l'amour, Irma se mit à pleurer.

— Non, non, j'aurais pas dû... C'est un péché... Je suis... je suis une dégoûtante...

Elle tremblait toute dans le lit dévasté.

— Ce qui me dégoûte chez toi, c'est ta bêtise, pas autre chose. Rien que ta bêtise, dit sèchement Dora, tout en cherchant ses cigarettes sur la table de chevet, parmi tout un tas de fanfreluches. Les ayant trouvées, elle en alluma une. « Alors, comme ça, ce que t'as fait pratiquement avec moi depuis un bout de temps, voilà que c'est un péché, maintenant ? »

Irma renifla un bon coup avant de répondre.

— Oui, dit-elle, parce que maintenant y a Marco... C'est fini, nous deux, bien fini... C'est pas la peine d'insister, Dora : c'était la dernière fois aujourd'hui...

Dora tira sur sa cigarette et en rejeta la fumée.

— Pourquoi ?... demanda-t-elle. C'est peut-être moi qui ai insisté, des fois ? Je t'ai téléphoné, ou c'est toi qui m'as appelée ?... J'ai l'impression que t'as la mémoire courte, trop courte, ma petite... Et pourtant ça remonte seulement qu'à ce matin. Oui, c'est toi, toi, qui m'as téléphoné ce matin pour me dire que tu voulais encore me voir une dernière fois...

Irma s'appuya sur ses coudes pour se lever, se tourna à demi, ses cheveux lui tombant sur le visage.

— T'as pas d'affection pour moi, dit-elle. T'en as jamais eue. Et dire que je croyais que notre amitié était une vraie amitié...

Elle secoua la tête, et ses yeux brillèrent au travers de ses cheveux : les larmes en étaient déjà sèches.

— Moi aussi je croyais que notre amitié était une vraie amitié, dit Dora. Quand on s'est connues... Mais je crois bien qu'avec ta mémoire courte, tu te rappelles même plus quand et comment on s'est connues, ni ce que t'étais quand je t'ai rencontrée...

— T'as l'intention de me reprocher mon passé ? dit Irma.

Elle s'assit au beau milieu du lit, sans seulement s'apercevoir qu'elle était nue.

Le regard de Dora s'arrêta comme malgré elle sur les seins d'Irma, et sa colère tomba. Il était bien inutile qu'elle se forçât à jouer les femmes fortes, si une petite garce comme Irma suffisait à l'attendrir, à l'amollir, à la vaincre.

— Non, j'en ai pas la moindre intention..., dit-elle, le désir la tenaillant soudain de nouveau. « Pas la moindre intention... Pour moi, le passé est beau, très beau même... Non, je n'ai rien à te reprocher ; je n'ai qu'à te remercier, au contraire... Je suis très triste que ce soit fini ; mais t'as aussi le droit de vivre ta vie... »

— Oh ! Dora..., s'écria Irma, bouleversée. T'as toujours été trop bonne pour moi... Excuse-moi pour les bêtises que je t'ai dites tout à l'heure ; mais je suis vraiment bête, t'as raison... Ecoute, à propos de ce prêt que je t'ai demandé... Marco est en ce moment dans une mauvaise passe, et...

Elle était maintenant assise sur le bord du lit, toute nue, le regard vague. Elle jouait machinalement avec des petits ciseaux qu'elle avait pris sur la table de chevet ; elle essaya de se couper un ongle de la main gauche. Dora toussa pour se libérer de la tentation qui la poussait à se jeter dans les bras d'Irma. Elle se reprit.

— Et c'est pour ça, dit-elle, pour ça, que tu es venue coucher avec moi aujourd'hui ? Pour m'extorquer encore une fois de l'argent pour ton... pour ton...

Elle ne trouvait pas de mot, pas d'insulte assez cinglants et qui la vengeraient. Alors elle allongea le bras et écrasa ce qui restait de sa cigarette, toujours allumée, sur la pointe du sein gauche d'Irma. Celle-ci poussa un hurlement, et lui planta ses petits ciseaux dans un œil.

(Titre original : *Una vera amicizia.*)

LA FILLE DU JUGE

Les deux garçons étaient plutôt petits, mais ils avaient un aspect effrayant et farouche qui tenait tout autant à leurs longs sourcils qui se rejoignaient à la racine du nez, qu'à la noire toison laineuse de leurs cheveux, laquelle contrastait grandement avec la pâleur féminine de leur visage. Mais ce qui les rendait encore plus effrayants et plus farouches, c'était une singulière ressemblance qui — quoique leurs traits fussent sensiblement différents — faisait qu'on les devinait frères au premier coup d'œil. Une singulière ressemblance, oui, et que soulignait peut-être encore leur façon de marcher et de se mouvoir, en même temps, à la même cadence, comme deux machines d'une même série. Et ce fut bien comme deux machines, ou comme deux béliers, qu'ils ouvrirent brutalement et toute grande, à croire qu'ils l'enfonçaient, la porte d'un misérable magasin de tissus d'une triste rue qui débouchait sur le cours de Buenos-Aires. A peine entré, l'un des deux frères s'immobilisa près de ladite porte afin d'en interdire l'accès, cependant que l'autre fonçait, en vrai bélier, vers une seconde porte qui donnait sur une cour, la bloquant de tout son corps.

— Il faut qu'on te parle, dit calmement celui des deux frères qui gardait la porte de la rue. « Renvoie ta pute. »

En fait, il dit même un autre mot, pire encore d'être dit dans le dialecte de son pays, la Calabre, qui était aussi celui du jeune type auquel il venait de s'adresser et qui se tenait derrière un comptoir. Ou plutôt derrière une table branlante, laquelle, faisant office de comptoir, était bien le seul meuble de ce prétendu magasin de tissus, compte tenu des rayonnages qui, s'étageant jusqu'au plafond, paraissaient d'autant plus vides que les quelques pièces d'étoffe qui s'y voyaient encore, çà et là, évoquaient les dernières et rares dents d'une grande bouche édentée.

En voyant entrer les deux frères, en s'entendant apostropher, le jeune type demeura d'abord sans bouger, les mains appuyées sur son comptoir branlant, les yeux baissés mais qui voyaient tout, convaincu qu'il était de ne pouvoir rien faire, même si les deux autres n'étaient armés que de leur seule résolution et, pire encore, de ce calme inhumain qui était bien plus redoutable que n'importe quelle arme. Puis il se tourna presque aussitôt vers la mince et blonde petite Milanaise en jaquette grise, qui se tenait auprès de lui, et dont les yeux brillaient de colère depuis l'intempestive entrée des deux frères, depuis, surtout, qu'on l'avait insultée ; mais, d'un regard, il lui fit comprendre qu'il lui fallait se calmer.

— Laisse-nous un instant, ne t'inquiète pas, lui dit-il.

Et, tout de suite, le bélier qui veillait à la porte de la cour s'effaça devant la petite Milanaise, l'invitant à sortir d'un geste menaçant. Elle s'exécuta, hésitante, mais sans se retourner, sachant bien qu'elle ne pouvait qu'obéir.

— Baisse un peu le rideau de fer, qu'on ne soit pas dérangés, dit l'autre, le premier bélier, — celui qui gardait la porte de la rue.

Et le jeune type sortit sur le trottoir sans regimber. Il aurait pu fuir ou appeler au secours, mais il ne le fit point car le premier bélier ne le lâchait pas d'une semelle, cependant qu'à l'aide d'une longue perche il baissait, lui, le rideau de fer à mi-hauteur, de façon à pouvoir rentrer dans la boutique. Les deux autres l'empoignèrent aussitôt, mais sans le brutaliser, seulement pour lui faire sentir leur présence, et plus encore moralement que physiquement. Puis le premier bélier commença de parler dans leur commun dialecte, disant des choses que le jeune type — il s'appelait Vincenzo — savait qu'il lui dirait, car c'étaient d'anciennes, d'ancestrales choses qu'il avait toujours craint de s'entendre dire, un jour ou l'autre.

— Il ne faut pas croire, parce qu'on est à Milan, que la parole donnée n'est plus la parole donnée, disait d'une voix sourde le premier bélier, tout en fixant Vincenzo bien que celui-ci baissât les yeux. « Il ne faut pas croire non plus, parce qu'on est loin du pays, que tu peux faire des choses qu'un homme d'honneur ne doit pas faire. Quand on était encore là-bas, en Calabre, tu es venu chez nous et tu nous as dit : « Votre sœur

Rosa me plaît, et je voudrais bien l'épouser avec votre consentement », et l'on t'a répondu que, si tu étais un homme d'honneur, de parole, on te permettrait de te marier avec elle. Puis on a trouvé du travail ici à Milan, et tu nous as dit : « Je monte à Milan avec vous, et j'épouserai votre sœur là-bas. » Tu l'as dit ou pas ? (Vincenzo fit signe qu'il l'avait bien dit, et le premier bélier poursuivit :) Et, une fois à Milan, on a compris que tu fréquentais notre sœur et que tu passais même des nuits avec elle, mais on n'a rien dit parce que tu étais un homme de parole et que tu allais bientôt l'épouser, comme tu continuais de le dire. C'est vrai ou non que tu continuais de le dire ? (Vincenzo acquiesça de nouveau, car c'était la vérité.) Puis tu as ouvert ce magasin, et on était contents parce que tu te faisais une situation et que notre sœur serait la femme d'un monsieur, d'un vrai. Et, quand elle se plaignait que tu ne venais plus la voir, on lui disait : « Ne nous casse pas les pieds, Rosa, son commerce lui prend encore tout son temps, mais, quand il pourra souffler un peu, tu verras qu'il reviendra te trouver. » C'est vrai ou c'est pas vrai qu'on lui disait ça, à notre sœur ? demanda le premier bélier en se tournant vers son frère.

— C'est vrai, dit celui-ci.

Alors le premier bélier s'adressa de nouveau à Vincenzo :

— Et puis on a vu, au contraire, que tu t'étais mis avec une pute, qu'elle passait ses journées dans ce magasin, ses nuits, chez toi, et que tu venais plus voir notre sœur. On aurait même dit que tu ne voulais plus tenir ta parole. Mais avant de nous mêler de l'affaire et d'envenimer les choses, on a dit à notre sœur : « Rosa, ce qu'on veut, nous, quittes à subir un affront pour ça, c'est avoir la paix et que les choses soient comme elles doivent être. Alors, maintenant, il faut que tu ailles voir Vincenzo, même si ça te coûte, et que tu lui demandes pourquoi il ne vient plus te voir et si ça ne voudrait pas dire, des fois, qu'il reprendrait sa parole. » Et notre sœur ne voulait pas, parce qu'une honnête fille ne doit pas courir après un homme, mais comme on tenait à arranger les choses, on lui a dit de faire comme on disait. Et elle est venue te trouver, et tu lui as dit : « Ma petite Rosa, le temps a passé, je suis amoureux d'une autre femme et je veux l'épouser. » Alors elle t'a demandé, comme on lui avait dit de le faire, si c'était que tu allais manquer de parole, et tu lui as répondu : « Il faut me pardonner, ma petite Rosa, il faut me pardonner, mais je ne peux plus t'épouser. » C'est vrai ou non que tu lui as dit ça, à Rosa ? (Vincenzo baissa la tête : oui, il le lui avait bien dit.) Bon. Alors maintenant c'est pour ça qu'on est ici. On ne tenait pas à ce que ça devienne une affaire d'hommes, mais c'est toi qui l'as voulu. Et on est venu te donner un conseil : à partir de ce soir, viens voir notre sœur une fois par jour, comme tu le faisais dans le temps. Nous, de notre côté, on fait préparer tous les papiers de mariage — il ne faut pas que tu te déranges : tu as ton commerce, tu n'as pas de temps à perdre, — et, dans une vingtaine de jours, quand tout sera prêt, on t'accompagnera à l'église avec Rosa. Comme ça, une fois qu'on sera parents, tout sera en ordre et on vivra tranquille, entre hommes d'honneur.

L'autre bélier avait aussi son mot à dire ; il le dit :

— Et on te conseille de renvoyer ta pute, tout de suite.

Il avait dit « tout de suite » presque à mi-voix, mais on aurait cru qu'il avait hurlé.

Vincenzo ne broncha pas, même en entendant appeler « pute » pour la troisième fois la blonde et mince petite Milanaise qu'il avait encore serrée dans ses bras, la nuit d'avant, avec tant de frénésie et de tendresse. Non, il ne broncha pas ; ç'aurait été dangereux.

— On ne te donne là que de bons conseils, Vincenzo, dit le premier bélier.

Et le second ajouta :

— Parce qu'on est tes copains et qu'on ne veut pas d'histoires.

Puis le premier dit encore, bien poliment :

— On te salue, Vincenzo ; et on t'attend chez nous, pour Rosa.

— Tu peux remonter le rideau de fer, dit le second.

Ce fut tout, pas un mot de plus. Les deux frères se contentèrent, avant de partir, de regarder un court instant Vincenzo avec un calme impressionnant ; et cela suffit à le convaincre de relever le rideau de fer afin qu'ils puissent sortir sans se baisser.

A Milan, il y a toujours beaucoup de monde, partout, à toute heure du jour. Rosa et Vincenzo le constatèrent, une fois de plus, en descendant place Cavour du tram qui les avait amenés dans le centre. Une fois là, ils suivirent la via Manzoni jusqu'à la place de la Scala, car Vincenzo voulait l'emmener dans un café bien qui faisait le coin de ladite place et de la via Verdi. D'autant qu'ils étaient tous deux assez élégamment vêtus, ainsi que se doivent de l'être deux fiancés. Mais le café en question était archicomble, et tous ces « gens du Nord » qui s'y pressaient les dévisagèrent aussitôt comme des bêtes curieuses.

— Allons-nous-en, Vincenzo, il y a trop de monde, dit Rosa, gênée.

Ils allèrent alors jusqu'à la place du Dôme sous les arcades, où l'on se bousculait.

— Tu veux peut-être regarder les vitrines, non ? Eh bien, regardons-les, Rosa, dit Vincenzo.

Alors, gentiment, elle les regarda, en feignant d'y prendre quelque intérêt, mais en fait toujours fort gênée par la foule. Après les arcades de la place du Dôme, ce furent toutes celles du cours Victor-Emmanuel II, et Vincenzo dit :

— Tu ne veux pas boire quelque chose, Rosa ? Si tu as soif, on peut entrer dans un bar.

Mais elle répondit, gentiment, que ce n'était pas la peine, qu'elle n'avait pas soif. Place San Babila, toujours sous les arcades, il y avait un café où une femme chantait, accompagnée par un petit orchestre. Ils s'arrêtèrent pour l'écouter, — debout, car toutes les tables de la terrasse étaient occupées, tout était toujours plein à Milan. Soudain Vincenzo aperçut, au travers de la vitrine, une petite salle intérieure où il n'y avait personne.

— Entrons, Rosa, dit-il. Il y a là une petite salle vide, et l'on y sera tranquille.

Ils entrèrent. Rosa, la tête haute, mais les yeux baissés. Un garçon en queue-de-pie, qui se donnait des airs de maître d'hôtel, et qui transpirait car il commençait à faire chaud — c'était justement pour cela que les salles intérieures étaient désertées au bénéfice de la terrasse, — un garçon, donc, apporta aussitôt un petit seau d'argent rempli de glace. Dehors, sous les arcades, la femme continuait de chanter, et sa voix et la musique ne leur parvenaient plus maintenant qu'en sourdine. Vincenzo demanda gentiment à Rosa si une glace lui ferait plaisir ; elle dit que oui. Et, quand on la lui eut apportée, elle la mangea lentement, lentement, en silence. On aurait pu croire qu'elle écoutait la musique, quand, brusquement, elle dit enfin, presque à mi-voix, dans leur dialecte, et comme s'il ne s'agissait là que d'une chose sans importance :

— Mes frères sont venus te trouver, n'est-ce pas, pour te dire qu'il fallait m'épouser, ou que sans cela ça pouvait te coûter cher ?

Il la regarda tranquillement, avec un bon sourire honnête et sincère.

— Non, mentit-il honnêtement, sincèrement, sans cesser de sourire. « Vous en avez de drôles d'idées, vous autres femmes... »

— Si, ils sont venus chez toi, Vincenzo, dit-elle, toujours en dialecte, et en s'efforçant même de le parler le plus hermétiquement qu'elle le pouvait, afin qu'on ne puisse pas les comprendre au cas où quelqu'un les aurait par hasard écoutés. « C'est comme si je les voyais, Vincenzo : ils sont venus chez toi et ils t'ont dit qu'il fallait que tu m'épouses ; ils t'ont fait peur, ils t'ont menacé. »

— N'insiste pas, Rosa, dit-il en cessant de sourire et en se mettant à son tour à parler en dialecte, — un dialecte que sa voix mâle rendait plus incompréhensible encore. « Je ne veux plus entendre de pareilles bêtises, et je me demande bien où tu es allée chercher ça. Vous autres femmes, vous ne pensez toujours qu'à des choses qui n'ont ni queue ni tête. »

Et il mentait d'autant plus facilement qu'il avait de nombreuses raisons de le faire, dont la moindre n'était pas que les frères de Rosa n'auraient pas aimé, pas aimé du tout, apprendre qu'il avait raconté à celle-ci qu'ils l'avaient menacé. Ce sont des choses qui ne se font pas : on ne mêle point les femmes à des histoires d'hommes. Et puis, en supposant qu'il ait tout dit à Rosa, cela n'aurait rien changé ; il aurait tout de même dû l'épouser, et tout le monde aurait été vexé : lui, d'avoir été menacé ; elle, d'être épousée par force ; les deux béliers, de devoir s'avouer incapables de trouver d'autre moyen que la violence pour arranger les affaires de leur sœur compromise. Alors, bien sûr, il mentait. Non seulement par crainte, mais aussi parce qu'il n'ignorait point en son for intérieur qu'il était juste qu'il épousât Rosa, même s'il le faisait à contrecœur. D'autant qu'il le savait déjà depuis la première fois où, l'ayant reconduite chez elle à trois heures du matin, l'un des deux frères, qui était venu leur ouvrir, lui avait dit : « Trois heures, c'est tout de même un peu tard, Vincenzo. » Oui, depuis lors, il savait qu'il la lui faudrait épouser, que cela lui plaise ou non, — même si, après avoir connu la petite Milanaise, il avait pu penser différemment.

— Vincenzo, dit Rosa, le fixant à la dérobée et baissant soudainement les yeux tour à tour, Vincenzo, cela faisait quatre mois que tu ne venais plus me voir. Au début, tu me téléphonais bien de temps en temps, mais cela non plus n'a pas duré. Et, depuis une semaine, voilà que tu viens me voir tous les jours, l'après-midi ou le soir, et que tu m'emmènes au cinéma, au café ou faire un tour en ville... Pourtant, il y a à peine un mois, tu disais, et tu me l'as dit aussi à moi, que tu en aimais une autre et que ça ne te disait plus rien de m'épouser. Et voilà maintenant que tu te déclares prêt à le faire, tout de suite, dès qu'on aura tous les papiers. Cela veut dire que mes frères sont venus te trouver, même si pas plus eux que toi ne l'avouerez jamais. Je le sens bien, va, que tout cela s'est passé comme ça.

Il lui mentit de nouveau, honnêtement et à regret, parce que c'était là une affaire qui ne se pouvait arranger que de la sorte, avec des mensonges :

— Je vais te dire, Rosa. Un homme connaît évidemment pas mal de femmes tant qu'il est garçon ; et il y en a même, des fois, qu'il pense à épouser. Puis ça lui passe, et il finit toujours par se marier avec sa fiancée.

Disant cela, Vincenzo avait conscience de trahir cette tendresse et cette dévorante passion qui l'avaient lié, qui le liaient encore à la petite Milanaise. Mais, quoi ! il lui fallait bien convaincre Rosa. Cette Rosa qui allait être sa femme quoi qu'il en eût et bien qu'il ne l'aimât pas.

Ayant écouté ce petit discours sans rien dire, Rosa demeura silencieuse, sans pour autant que Vincenzo l'eût convaincue.

Rosa n'était pas la première fille de son pays, ni de toute la Calabre, à se marier de la sorte, parce qu'elle avait un père ou des frères résolus et qui ne badinaient point avec la morale. Cela était déjà arrivé à beaucoup d'autres, et elle ne ferait seulement qu'augmenter leur nombre d'une unité, se disait-elle en regardant la télévision, assise près de son frère aîné, profondément malheureuse quoique riche — elle se sentait du moins telle, — dans ces trois petites pièces où tout ce qui s'y voyait avait été acheté à crédit, bien sûr, mais presque toujours payé, car ses frères travaillaient tous les deux et gagnaient plutôt bien leur vie. Ce n'était pas cela qui lui pesait ou l'humiliait, non, ce n'était pas de se marier à l'ombre des couteaux que ses frères cachaient elle ne savait où — mais qui n'en existaient pas moins, — ce n'était pas davantage le fait que Vincenzo ne l'aimât plus, car ce n'était point là une nouveauté pour elle, qui en souffrait depuis que le peu d'empressement qu'il apportait à venir la voir ou à la serrer dans ses bras le lui avaient appris et qu'elle avait bien cru en mourir, alors qu'au contraire elle avait continué de vivre, bien que sachant qu'il lui faudrait désormais le faire sans l'amour de Vincenzo. Comme une mère qui sait qu'il lui faudra continuer de vivre même après la mort de son enfant. Toutes ces choses, Rosa les pouvait encore supporter, mais il en était une autre qui lui était absolument intolérable.

Elle attendit que le programme télévisé qui plaisait à son frère s'achevât, puis elle éteignit le poste, alla dans la cuisine et en revint avec le verre de lait que ledit frère buvait chaque soir avant d'aller se coucher. Puis, en le lui tendant, elle dit calmement :

— Et maintenant que vous avez fait ce joli coup d'éclat, tous les deux, tu dois être content, non ?

Le verre de lait en main, son frère en but une gorgée, puis demanda, calmement lui aussi et comme s'il ne comprenait pas, alors qu'il savait parfaitement de quoi il s'agissait :

— Quel coup d'éclat ?

— Tu sais bien de quoi je veux parler, dit Rosa sans la moindre hésitation, son regard lui confirmant clairement qu'elle savait et qu'il lui fallait bien se convaincre qu'elle était au courant de tout.

— Alors c'est que Vincenzo t'a parlé, dit-il, menaçant.

— Vincenzo ne m'a rien dit. C'est moi qui le lui ai demandé, mais il m'a dit qu'il ne s'était rien passé du tout, que personne ne l'avait jamais menacé. Pourtant, s'il vient ici chaque jour, c'est parce que vous l'y avez obligé, et s'il m'épouse c'est bien parce que vous le forcez à le faire.

— Il doit t'épouser, et c'est tout, dit son frère.

Il était sur le point d'aller se coucher. Il n'avait plus rien à lui dire ; mais ce n'était pas le cas pour Rosa, qui lui dit, elle, tout ce qu'elle avait sur le cœur et qui lui était proprement insupportable :

— Il doit m'épouser, d'accord, mais pas parce

que vous l'y avez obligé. Il lui faut tenir parole, oui, mais seulement s'il veut le faire et non pas parce qu'il vous craint.

La voix de Rosa semblait être toujours la même, pareille, ou presque, à ce qu'elle était quand il était question de ce qu'elle allait préparer pour le dîner ; mais il était l'aîné, lui, et il la connaissait bien, cette voix : elle lui rappelait celle de son père, le juge. Car ils n'étaient point d'une famille de paysans, de bouseux, même s'ils avaient dû fuir la misère de leur Calabre natale et venir travailler dans le Nord. Non, ils avaient eu un père qui était un « monsieur » et qui présidait le tribunal de leur petite ville, un vrai « monsieur », même si sa robe noire dissimulait son pantalon râpé aux fesses, les coudes élimés de son veston et sa chemise archirapiécée, avec seulement un col détachable d'une blancheur toujours éclatante, tout le reste étant franchement misérable. Oui, la voix de Rosa lui rappelait la voix profonde de son père, doux et pourtant inflexible, quand il leur disait, à eux les garçons, toujours à se battre avec les uns ou les autres : « Cela n'était pas juste. » Jamais, au grand jamais, il n'avait levé la main sur eux ; mais il les faisait taire et les obligeait à baisser les yeux rien qu'en leur disant, toujours doux et inflexible, des phrases dont le sens leur échappait alors et qu'ils n'avaient seulement comprises qu'à sa mort. Telle celle-ci : « Ou vous êtes capables de distinguer ce qui est juste de ce qui ne l'est point, ou vous n'êtes pas des hommes. »

Mais, malgré le souvenir de leur père, souvenir fortuit et aveuglant que la voix de sa sœur avait fait ressurgir du fond de sa mémoire, malgré que leur père fût là, entre eux deux, comme de son vivant, quelque chose de plus fort encore le poussa à faire un grand geste, un geste de mépris.

— Je n'aime pas beaucoup ce genre de conversation, Rosa. Tu ferais mieux d'aller te coucher.

Elle s'attendait à ce qu'il lui réponde de la sorte. Alors, douce et inflexible, elle aussi, et lui tournant presque le dos comme si elle ne s'adressait point à lui, elle dit :

— J'ai écrit à Vincenzo. J'ai envoyé Maria lui porter ma lettre à son magasin.

Il s'immobilisa d'un coup, regardant le dos de sa sœur, remarquant combien elle se tenait raide.

— Continue, dit-il.

— Je lui ai écrit que je savais que vous étiez allés le menacer, dit-elle sans se retourner, et que vous n'auriez pas dû le faire, que ce n'était pas juste. Puis je lui ai dit aussi qu'il savait mieux que personne où était son devoir et qu'il était libre ou non de le faire. S'il le faisait de son plein gré, cela voudrait dire qu'il était un homme, un vrai, un honnête homme. (Elle continua de tourner le dos à son frère, toute raide, ainsi que se tenait toujours le petit homme qui avait été leur père : tant au tribunal que chez lui, dans sa pauvre vie de tous les jours.) Vous pouvez bien le menacer et lui faire peur autant que vous voudrez, tous les deux, mais, maintenant qu'il a ma lettre, vous ne pouvez plus l'obliger à m'épouser s'il n'en a pas envie. S'il le veut toujours, au contraire, Vincenzo fera son devoir.

Elle attendit les hurlements de son frère ou bien qu'il la frappât — cela n'aurait pas été la première fois, — mais il ne se passa rien : il demeura là à la regarder en silence, et elle sentait son regard dans son dos. Puis il quitta la pièce.

Vincenzo s'éveilla. Et la petite Milanaise était là, à ses côtés dans le lit, déjà réveillée. Il regarda longuement, intensément, et ses yeux et sa poitrine nue car elle lui plaisait infiniment. Mieux même, cet après-midi-là, elle avait fait plus encore que lui plaire, la petite Milanaise : ç'avait été comme s'il avait découvert quelque chose de plus que le plaisir, quelque chose qui la lui faisait sentir plus proche de lui qu'aucune autre ne l'avait jamais été, quelque chose d'essentiel qui lui avait toujours manqué et qui le complétait. Mais, tout de suite, il se souvint et commença de se rhabiller à la hâte. Et, tandis qu'il laçait ses chaussures, il entendit qu'elle pleurait derrière lui, avec des gémissements étouffés. Sans seulement se retourner, mais en s'embrouillant dans ses lacets car il était intérieurement atrocement bouleversé, il dit, d'une voix calme :

— Tu le savais bien que c'était la dernière fois. On était d'accord ; alors maintenant, je t'en prie, ne pleure pas. (Mais, comme elle continuait de sangloter, il ajouta en nouant sa cravate :) Pour toi, il vaut beaucoup mieux qu'on ne se voie plus, d'autant que vous autres femmes du Nord ne pourrez jamais vraiment vous entendre avec des Méridionaux comme nous.

Et il lui mentait, à elle aussi, qui était pourtant la première femme avec laquelle il avait senti aussi clairement qu'il pourrait vivre pour toujours.

Même quand il eut enfilé son veston, la petite

Milanaise continuait de pleurer, le drap maintenant remonté jusqu'au cou : il aurait peut-être mieux valu qu'ils ne se revoient pas. Il s'approcha du lit, se tenant tout raide dans la grise lumière de ce long après-midi, et dit, d'un ton un peu solennel, sans même se pencher vers elle :

— Je m'en vais.

Il aurait voulu rester là, avec elle. Il en avait pleinement conscience, et il l'aurait même pu maintenant, avec cette lettre de Rosa qu'il avait en poche, laquelle lettre lui suffisait pour se débarrasser à jamais de ce maudit mariage forcé. Mais il est des choses qu'on ne doit pas faire, même si on le désire, et d'autres qu'on a le devoir de faire, même si on ne le veut pas.

La petite Milanaise enfouit son visage dans l'oreiller. Pour ne plus le voir et pour qu'il ne l'entende pas pleurer, car il lui avait bien dit, ce matin-là, que ce serait la dernière fois. Vincenzo, lui, ne la regarda même plus — et c'était pourtant là la femme qu'il avait le plus aimée, alors qu'il aimait si peu Rosa. Il fit demi-tour et sortit.

Dehors, il se retrouva dans la chaleur moite de ce chaud après-midi milanais, sans cesser pour autant d'entendre les pleurs et les gémissements de la petite Milanaise. Bien qu'il fît encore jour, il était en retard ; Rosa devait avoir déjà dîné, et il ne fallait pas la faire attendre.

De fait, quand il sonna à sa porte, tout le monde avait bel et bien fini de dîner, et Rosa et ses deux frères étaient déjà installés devant le téléviseur. Ce fut le cadet qui vint lui ouvrir ; et il hésita un court instant avant de le laisser entrer, comme s'il était surpris de le voir. Au vrai, personne ne l'attendait.

— C'est Vincenzo, dit le cadet à Rosa et à son frère qui n'avaient point bougé de la salle de séjour et qui ne se dérangèrent même pas.

— Bonsoir, dit Vincenzo en les rejoignant.

L'aîné des deux frères se leva enfin et donna de la lumière, et Vincenzo s'aperçut alors que Rosa était en robe d'intérieur :

— Je craignais d'être en retard, et voilà que tu n'es même pas habillée...

Vincenzo savait parfaitement pourquoi elle ne s'était pas habillée pour sortir : après la lettre qu'elle lui avait fait porter, elle ne comptait plus le revoir.

Elle tourna à demi la tête vers lui, cherchant à comprendre, — et elle comprit. Alors elle mentit pour sauver la face :

— Je ne croyais pas qu'il était si tard.

— Va vite t'habiller, dit Vincenzo, et on ira au cinéma.

Rosa se leva, obéissante et un peu triste.

— J'y vais tout de suite, dit-elle.

Les trois hommes demeurèrent debout dans la salle de séjour, sans même regarder la télévision, ni seulement écouter ce qu'y racontaient des voix étrangères et frivoles. Vincenzo glissa la main dans la poche de son veston pour y prendre ses cigarettes et y sentit la lettre de Rosa. La laissant là où elle était, il tendit son paquet aux deux frères.

— Et ce fameux cognac qui crée si bien l'atmosphère, vous ne voulez donc pas me l'offrir ? dit-il.

Et il alla lui-même le prendre dans une espèce de meuble-bar qui se trouvait près du téléviseur.

Les deux frères qui le regardaient faire en silence le laissèrent chercher un verre, et même trois, et les remplir de cognac. Après quoi, ils burent ensemble sans rien dire ; les deux frères toujours hésitants, indécis, jusqu'à ce que Vincenzo, allant à la fenêtre, dise :

— Avec cette chaleur, il nous faudra faire notre voyage de noces en costume de bain.

Mais cela ne fit rire personne. Pas même lui. Et ils demeurèrent là, debout, à fumer, quand enfin Rosa reparut, belle, bien sûr, mais pas plus aimée que désirée.

— Je ne vous la ramènerai pas trop tard, dit Vincenzo.

Les deux frères ne lui répondirent rien, se bornant à le saluer d'un battement de paupières. Mais, avant que de refermer la porte derrière eux, l'aîné lui tendit brusquement la main.

— Bonsoir, Peppino, dit Vincenzo.

Puis il prit Rosa par le bras et il commencèrent de descendre l'escalier du haut et grand immeuble, car l'ascenseur n'y servait seulement que pour la montée. Et, quand ils se trouvèrent deux étages plus bas, Vincenzo tira la lettre de sa poche et la tendit à Rosa :

— Moi, cette lettre, je ne l'ai même pas reçue.

Elle refusa de la prendre. Alors il la déchira soigneusement, méthodiquement. D'abord par le milieu, puis encore en deux et, ouvrant le sac de cuir verni de Rosa, il y glissa tous ces petits carrés de papier déchirés. Cela fait, ils reprirent leur descente qui n'en finissait pas.

Maintenant Rosa était sûre que, s'il lui était revenu sans amour, il l'avait du moins fait de son plein gré, parce qu'il savait que cela était juste. Tout comme elle savait qu'il avait été juste qu'elle le laissât libre de décider sans contrainte, — encore qu'elle l'aimât tant qu'elle aurait voulu se l'attacher à tout prix, par quelque chaîne que ce soit. Oui, même par des menaces et des violences de toute sorte.

— Il fait vraiment trop chaud pour aller au cinéma, dit Vincenzo, cependant qu'il entendait de nouveau les sanglots étouffés de la petite Milanaise, — Dieu sait combien de temps il allait encore les entendre de la sorte. Mais il continua de tenir gentiment par le bras cette femme qu'il n'aimait pas plus qu'il ne la voulait épouser, parce qu'il était juste qu'il en soit ainsi. « Allons au café des Jardins Publics, dit-il. On y sera au frais, et puis il y a de la musique. »

(Titre original : *La figlia del giudice*.)

UNE VENGEANCE

Le gros Remo avait été avisé le 1er décembre 1962 que l'*Invicta-Séléné-Films* se verrait obligée de se passer de ses services à la fin de ce même mois. Le gros Remo était l'un des secrétaires, et quasiment le secrétaire général, de cette importante maison de production cinématographique. Agé de soixante ans, il avait même tenu, dans un film de ladite firme, le rôle d'un Allemand, gardien du camp de Buchenwald ; mais depuis déjà quelques années il travaillait dans les bureaux. Et on l'y avait chargé, durant l'automne, de s'occuper d'un concours destiné à révéler de nouveaux visages parmi lesquels serait choisie la future vedette féminine du prochain film de l'*Invicta, La vie privée de Poppée*. Depuis des mois, le gros Remo nageait dans un océan de photographies de femmes et de jeunes filles, toutes plus laides les unes que les autres, et qui aspiraient à incarner Poppée.

Il n'en restait pas moins qu'il lui faudrait vider les lieux à la Noël : joli cadeau que lui faisaient là ces enfants de salaud de l'*Invicta !* Mais ça ne se passerait pas comme cela : le gros Remo allait se venger, sur quelqu'un ou sur quelque chose. Pas sur ceux de l'*Invicta,* bien sûr, car ils étaient les plus forts. Mais, après quelques nuits passées à réfléchir, la solution lui apparut.

Le 10 décembre, il chercha dans l'énorme tas de photographies du concours qui rassemblait un assez bel échantillonnage de mochetés, presque toutes plates comme des limandes, celle de la plus affreuse du lot. Il s'agissait d'une demoiselle Domenica Tratti qui habitait un patelin perdu du haut Piémont. Et il lui écrivit aussitôt, sur papier à en-tête de la firme, pour l'informer qu'elle avait été choisie pour interpréter le rôle vedette de la superproduction intitulée *La vie privée de Poppée* et qu'elle devait en conséquence se trouver le 24 décembre à Rome, où les dirigeants de l'*Invicta-Séléné-Films*, la presse et les photographes l'attendraient à la gare de Termini. Il joignit à sa lettre un chèque de vingt mille lires et posta le tout.

Le 24 décembre, le gros Remo — 2 m de haut, large d'un peu plus d'un mètre, le crâne entièrement passé à la tondeuse, — le gros Remo se rendit à la gare dès le matin et attendit. Dans le courant de l'après-midi, la soi-disant future Poppée de la photographie descendit enfin d'un train. Il la vit regarder autour d'elle, effarée, fichue comme quatre sous, trimballant une affreuse grosse valise ; il la vit aussi errer parmi la foule durant une heure, puis s'écrouler exténuée sur son affreuse grosse valise et fondre en larmes, cependant qu'un agent de police s'approchait d'elle.

Alors, satisfait, comblé, le gros Remo entra dans un bar et s'y offrit un café qu'il dégusta à toutes petites gorgées et qui avait l'âpre saveur de vengeance.

(Titre original : *Il sapore della vendetta.*)

UN GRAND AMOUR

Une vieille lampe démodée à abat-jour vert éclairait la table de travail de l'avocat. Celui-ci, grassouillet, plus tout jeune, vérifia la petite liasse de traites qu'il tenait à la main, puis lui tendit la première :

— Voilà ! Il y en a vingt, vingt traites d'un demi-million de lires chacune. Comme ça nous évitons cette procédure, toujours déplaisante, qui vous obligerait à verser chaque mois, à votre femme, sa pension alimentaire. Une fois ces traites signées, vous serez libéré de toute obligation financière envers votre épouse, laquelle, pour sa part, n'aura plus rien à voir avec vous... (L'avocat fit entendre une sorte de borborygme, — c'était là sa seule façon de sourire :) Si vous payez, naturellement...

Alors il lui rendit son « sourire » et commença de signer les traites, l'une après l'autre : la première, la deuxième, la troisième. Oh ! bien sûr qu'il les paierait.

— Pour un homme de votre condition, de votre « standing », comme on dit aujourd'hui, dit l'avocat, cette solution est de beaucoup la meilleure, la plus élégante aussi.

Oui, la plus élégante, naturellement. Et il continuait de signer : la quatrième traite, la cinquième, sous la calme lumière désuète que diffusait l'abat-jour vert. A la sixième, il se revit ce fameux soir où, sur la plage avec Elisa, alors qu'ils n'étaient point encore fiancés, un brusque élan de passion l'avait poussé vers elle, qu'il entendait encore lui dire d'une voix ardente : « Toute la vie ensemble, nous deux, n'est-ce pas, Paolo ? » Un grand amour. Oui, ç'avait été un grand amour, puis le mariage, et maintemant c'était la fin. Avec toutes ces traites...

Il signa : *Paolo Valsi, Paolo Valsi,* et continua de signer encore *Paolo Valsi.* Oui, il avait tout signé, tout était bien fini.

(Titre original : *Pagherò.*)

APRÈS DIX HEURES DU SOIR

— Va raconter ça à un autre..., dit le garçon. Il était assis par terre, adossé à un gros arbre qui donnait une ombre épaisse, mais, malgré cela, son visage était tout inondé de sueur à cause de la chaleur. Et il continuait de gratter une branche de châtaignier à l'aide de son couteau de poche.

— Non, je te le raconte à toi parce que c'est la vérité, dit la fille, adossée elle aussi au même tronc d'arbre, son blue-jean moulant étroitement ses cuisses charnues.

Ils étaient là, tous les deux, cachés, quasiment ensevelis dans l'immense champ de maïs plus que mûr, déjà presque brûlé par le soleil.

— Je suis allée chez cet ingénieur pour chercher du travail, reprit la fille.

— Tiens, tiens..., dit le garçon en jouant avec son couteau.

— Tu peux faire « Tiens, tiens » tant que tu voudras, mais c'est comme ça, dit la fille, têtue.

Il m'a dit qu'il n'avait pas vraiment de travail à me donner, mais...

— Tiens, tiens..., dit le garçon.

— Mais il m'a dit aussi, poursuivit la fille, décidément tenace, qu'il était tellement seul que, de temps en temps, il aurait bien aimé dîner avec une jolie fille comme moi.

— Tiens, tiens..., dit le garçon.

— Rien que dîner, dit presque agressivement la fille. Elle ne regardait même pas le couteau du garçon ; elle était détachée de tout, ennuyée, méprisante. « Moi, je n'y croyais pas, mais ça s'est tout de même passé comme ça. Je me méfiais, tu penses, et s'il allongeait seulement la main, je te lui balançais mon talon en plein dans l'œil, mais, lui, rien... Deux ou trois fois la semaine, il m'a emmenée dîner dans des restaurants de luxe ; il m'a même payé des robes, et il sortait les billets de mille comme si de rien n'était. Mais il ne m'a jamais touchée, même pas par mégarde. »

— Ce que tu racontes bien tout de même, dit le garçon.

Mais il avait cessé de jouer avec son couteau, et il se tenait immobile, maintenant.

— Je raconte bien parce que c'est la vérité, dit la fille, plus méprisante que jamais. C'est un vieux gâteux ; mais, quand il était jeune, il était toujours plein de femmes et, maintenant, il veut encore se montrer aux gens avec une fille, et même à ses copains. Rien que par vanité... Mais, après dix heures du soir, il me tombe toujours de sommeil, le pauvre...

(Titre original : *Dopo le dieci.*)

LA PETITE SŒUR MALADE

Emilia, la femme de chambre, quitta le *night-club* vers trois heures du matin, en compagnie de son chevalier servant, un jeune type, petit, maigrichon, au nez ossu et aquilin. Elle avait très attentivement étudié chacun des numéros de strip-tease exécutés par les différentes filles de l'établissement, avec l'idée que, tout bien pesé, elle pourrait en faire autant. Encore que certaine envie, une tache de vin, comme on dit, qu'elle avait tout au bas des reins la tracassât un peu. Mais, au vrai, elle ne tenait pas tellement à changer de métier ni de genre de vie : celle qu'elle menait lui plaisait bien, qui, sous le couvert de sa profession de femme de chambre, lui permettait, le jeudi, le samedi et le dimanche, quand elle avait ses soirées libres, de se faire pas mal d'argent et de s'amuser, comme ce soir, grâce aux conseils éclairés et à la protection du maigrichon qui l'accompagnait.

Dans la voiture, tandis qu'il la reconduisait chez sa patronne, elle se démaquilla avec un bout de coton imbibé d'alcool, — ce qui, éliminant l'odeur des cigarettes qu'elle avait fumées, laissait sur son visage un vague relent d'hôpital.

— Salut, miniature ! dit-elle au maigrichon en

lui donnant une petite tape amicale sur les cuisses, quand la voiture stoppa devant sa porte. Puis elle monta quatre à quatre jusqu'à l'appartement de sa patronne, une vieille dame en lourde robe de chambre, que l'anxiété avait empêchée d'aller se coucher et qui demanda aussitôt :

— Comment va-t-elle, comment va-t-elle ?...

— Maintenant elle a repris, ça va un peu mieux ; mais ça a été terrible, dit Emilia en appuyant dramatiquement sur les derniers mots.

Puis, quand la vieille dame l'eut invitée à venir s'asseoir auprès d'elle sur le divan, elle se mit à lui parler sur le ton de la confidence, presque à l'oreille, lui racontant, une fois de plus, une émouvante histoire inventée de toute pièces, — l'imagination ne lui faisant point défaut, — celle de sa pauvre petite sœur qui était à l'hôpital — et là, l'odeur de l'alcool authentifiait son récit — où on la soignait pour la maladie bleue. De fait, une bonne sœur dudit hôpital, laquelle n'était, bien sûr, qu'une copine du maigrichon qui appelait d'un café, téléphonait de temps en temps pour dire que la petite allait très mal. Et la vieille dame, qui s'était fort attachée à cette enfant qui n'existait pas et qu'elle n'avait jamais vue, la vieille dame permettait alors à Emilia de disposer de sa soirée pour aller la voir et, même, de ne rentrer qu'au matin.

— Courage, courage, dit-elle d'un ton compatissant, tandis que la femme de chambre continuait de parler. « Il ne faut pas désespérer, ma petite Emilia, Dieu est si bon... »

(Titre original : *Dio vede e provvede.*)

LE COMMISSAIRE ET LES HARPES

Le commissaire de police Ragusa avait appuyé sa tête sur son bras droit et celui-ci sur son bureau. Son autre bras pendait inerte. On ne voyait seulement de lui que ses abondants cheveux blonds, d'un blond pas spécialement clair, mais tout de même un peu trop pour un homme et, surtout, pour un officier de police.

— Monsieur le commissaire, monsieur le commissaire !

Le commissaire Ragusa se réveilla d'un coup et leva la tête. Quoique jeune, il avait un visage ascétique, raviné et cuivré de Peau-Rouge.

— Qu'y a-t-il ? demanda-t-il à l'agent de police Brosio qui venait de le réveiller.

— Nous venons de trouver un cadavre de femme ; elle doit être morte depuis près de deux mois.

— A cette heure-ci, à quatre heures du matin ?

— Je vais vous dire, c'est un chien...

— Allons-y ! Tu m'expliqueras ça en voiture. (Il enfila son veston.) Pourquoi ne m'as-tu pas appelé tout de suite ?

— Ben, dit Brosio, je suis d'abord allé voir de quoi il s'agissait. On nous fait des fois des blagues, et je voulais pas vous réveiller pour rien.

En voiture, tout en conduisant, avec deux autres agents de police sur le siège arrière, Brosio raconta tout ce qu'il savait : un locataire du petit immeuble où l'on avait trouvé le cadavre en question avait acheté un chien ; et cet animal s'arrêtait toujours au second étage, devant l'unique porte du palier, en gémissant à fendre l'âme. Et il ne voulait plus bouger de là. Ce soir-là, le chien avait fait un boucan de tous les diables ; si bien qu'une fois au lit, son maître s'était mis à réfléchir. Et, brusquement, l'odeur s'était imposée à lui ; alors il s'était levé et était descendu, en pyjama, pour s'assurer de la chose : une odeur écœurante, douceâtre, intolérable, filtrait effectivement de dessous la porte du second étage. Bien sûr, il pouvait toujours s'agir d'un poulet oublié par le locataire, mais le maître du chien était tout de même inquiet. Alors il avait réveillé les concierges, et ils avaient décidé de concert d'appeler la police. Brosio était aussitôt arrivé avec trois collègues ; et ils avaient enfoncé la porte. Puis, avec chacun leur mouchoir sur le nez et sur la bouche, ils s'étaient précipités pour ouvrir toutes les fenêtres. Par bonheur, c'était une glaciale nuit de janvier et, en établissant des courants d'air, une partie au moins de l'écœurante odeur s'était évaporée.

— J'ai déjà appelé le fourgon de la morgue, le médecin légiste, l'Identité judiciaire et le photographe. Ils sont peut-être déjà arrivés, dit Brosio.

Le fourgon était effectivement devant l'entrée du petit immeuble ; et son chauffeur dormait, la tête appuyée sur le volant. En haut, dans l'appartement, ils étaient tous également là, dans un grand salon, à l'exception des deux types de la morgue qui attendaient dans le vestibule avec leur civière et une grande toile imperméable. Le médecin légiste, quant à lui, avait déjà procédé à un examen sommaire du cadavre.

— La mort remonte au moins à un mois et demi, peut-être même un peu plus, dit-il au commissaire Ragusa.

— Vous ne pourrez sans doute pas me le dire, docteur, mais pour quoi penchez-vous ? Crime ou accident ?

— Pas question de pencher, commissaire : on l'a étranglée. Regardez son cou, il y a même l'os qui sort, dit le médecin légiste.

Il ôta ses gants de caoutchouc et alla les laver et les désinfecter dans la salle de bains. Tout le monde fumait, si bien que l'odeur du tabac l'emportait un peu sur l'autre, toujours insupportable. Le commissaire Ragusa n'avait pas l'habitude de fumer, sinon il l'aurait fait aussi. Il fit signe à Brosio de venir le rejoindre, et il aperçut alors, tout au fond de la pièce, deux harpes, dont l'une était très grande, l'autre, un peu moins. Etendue sur le sol, la victime était nue, mais, bien sûr, le commissaire Ragusa l'avait remarqué dès son arrivée sur les lieux.

— Peux-tu me donner les coordonnées de cette femme ?

— Oui, voici son passeport. Nous l'avons trouvé dans son sac.

Le commissaire Ragusa lut fort attentivement le document en question : *Soletto Mathilde. Fille de Pietro et de Carla, née Vicenzi, tous deux décédés. Née le 7 juillet 1930 à Turin. Profession :*

professeur, etc. Il le rendit à Brosio. Les passeports ne vous apprennent jamais grand-chose sur qui que ce soit.

— Il manque quelque chose ? demanda-t-il.

— On n'a pas trouvé une lire, et il n'y avait même pas de petite monnaie dans le sac.

La pièce s'illuminait par à-coups : c'était le flash du photographe qui photographiait le cadavre sous tous les angles imaginables, se déplaçant de temps en temps pour prendre les clichés que les gars de l'Identité judiciaire lui demandaient. Le salon était dans un grand désordre : fauteuil renversé, vase brisé, tous les tiroirs ouverts. Le photographe photographia tout.

— Appelle-moi les concierges, dit à Brosio le commissaire Ragusa.

— Je les ai déjà fait appeler. Mais ils ne veulent pas entrer, ils disent qu'ils sont trop vieux et que le cadavre les impressionne. Ils sont sur le palier.

— Ils ont raison, dit le commissaire Ragusa en passant la main dans son abondante toison blonde. Puis il alla sur le palier et regarda les deux concierges : ils étaient effectivement assez vieux. « Depuis combien de temps Mlle Soletto habitait-elle dans votre immeuble ? »

— Depuis bientôt dix ans, dit l'homme.

— Quel métier faisait-elle ? Sur son passeport, il y a écrit : *professeur.* Professeur de quoi ?

— Professeur de harpe.

— De harpe ? (Ah ! oui, ces deux nobles instruments qui se trouvaient au fond du salon.) Elle avait beaucoup d'élèves ? demanda le commissaire Ragusa, intrigué.

— Oui, énormément.

Il n'aurait jamais cru qu'il existait encore des « mordus » de la harpe.

— Femmes et hommes ?

— Non, rien que des femmes.

Dommage ! D'autant que, cette fois, il fallait chercher l'homme, car c'était évidemment un homme qui avait tué cette femme.

— Savez-vous si elle avait des parents ?

— Non, elle n'avait plus personne.

— Qu'est-ce qui vous fait dire ça ?

Ce fut la femme qui répondit :

— De temps en temps, je venais lui faire un peu de ménage et, des fois, elle me racontait ses malheurs. « Je suis seule, qu'elle me disait, il me reste plus un seul parent. Ma vieille cousine est morte l'année dernière et, à l'âge que j'ai, qui vous voulez qui m'épouse ? Les hommes me regardent même pas. » J'essayais bien de lui remonter le moral, mais elle était toujours toute triste.

— Donc elle n'avait même pas d'homme. Mais peut-être qu'elle en amenait tout de même un chez elle, de temps en temps, non ?

— Jamais. Et même si elle en avait eu un, elle ne l'aurait sûrement pas amené chez elle.

— Elle pouvait l'amener le soir très tard, quand vous dormiez.

— Bien sûr. Mais je crois pas. C'était pas une femme à faire des choses comme ça.

Le commissaire Ragusa regarda les deux vieux :

— Il y a quelque chose qui m'échappe. Vous êtes certainement d'excellents concierges, je n'en doute pas, alors comment se fait-il que le fait de ne plus voir cette femme depuis près de deux mois ne vous ait pas frappé ? Comment se fait-il que vous ne vous soyez pas inquiétés d'une aussi longue absence ?

— Ben, on croyait qu'elle était à la mer. On l'avait vue partir.

— Comme ça, vous l'avez vue partir ?

— Ben, un jour, au début de décembre, elle m'avait dit comme ça qu'elle allait aller à la mer, à Nervi ou à Rapallo, et qu'elle serait absente près de deux mois. Puis le lendemain, dans l'après-midi, je l'ai vue descendre avec deux valises — il y avait un taxi qui l'attendait dehors, — elle m'a dit au revoir et j'ai entendu qu'elle disait au chauffeur : « A la gare de la Porte Neuve ».

Donc elle était partie, et puis elle n'était pas partie, vu que depuis plus d'un mois et demi elle était là, dans le salon, morte. Ce qui revenait à dire qu'on l'avait tuée au début de décembre, juste quand elle avait dit qu'elle allait aller à Nervi ou à Rapallo.

Le commissaire Ragusa se passa de nouveau la main dans les cheveux. Mathilde Soletto avait dit aux deux concierges qu'elle s'absentait pour deux mois. Or, si ces deux mois prenaient effet au début de décembre, ils englobaient évidemment Noël et le jour de l'An. Aussi le commissaire Ragusa était-il prêt à parier dix mille lires contre dix que le professeur de harpe avait eu l'intention de partir avec un homme.

Une femme ne va pas passer seule les fêtes de Noël et du jour de l'An dans une pension de famille de Nervi ou de Rapallo. Le commissaire Ragusa pensa un moment qu'elle aurait pu y aller avec une amie. Mais il se dit qu'en fait elle avait été tuée par un homme, avec lequel elle devait même être assez intime puisque aussi bien elle s'était déshabillée.

Ses réflexions furent interrompues par l'arrivée du fonctionnaire de la Questure qui devait délivrer l'autorisation d'enlever le corps.

— Ils tuent toujours de nuit, dit-il au commissaire Ragusa. C'est à croire que le travail de nuit leur est payé double. (Puis il tira son mouchoir de sa poche et le maintint sous son nez.) Quelle odeur ! (Il jeta un coup d'œil à la misérable dépouille du professeur de harpe, et se tourna vers le médecin légiste :) D'après vous ?

— Ça crève les yeux, regardez son cou. Pas besoin d'être médecin légiste pour voir qu'on l'a étranglée.

— Oui, bien sûr. La mort remonte à quand ?

— A un mois et demi au moins.

— Bon. Maintenant, dit le fonctionnaire de la Questure, vous n'auriez pas un petit coin où je pourrais vous signer l'autorisation d'enlever le corps ? Je ne peux pas rester dans cette puanteur, moi.

— Si, dans la cuisine, dit le commissaire Ragusa.

Et le pauvre fonctionnaire, s'installant dans la cuisine, en plein courant d'air — un courant d'air glacé que les fenêtres ouvertes entretenaient dans tout l'appartement, — y signa en toute hâte l'autorisation en question.

— Voilà ! Je m'en vais. Si on vous tue quelqu'un d'autre cette nuit, ne craignez pas de me réveiller. Après ce que je viens de voir ici, je ne crois pas que je parviendrai à me rendormir.

Les deux types de la morgue enlevèrent aussitôt le corps et allèrent le porter dans le fourgon. Puis ils remontèrent avec deux bombes de désinfectant, deux balais, deux pelles à ordures et, en moins d'une minute, nettoyèrent et désinfectèrent tout.

— Ecoutez voir, vous autres, dit le commissaire Ragusa en faisant signe aux trois gars de l'Identité judiciaire de le suivre dans le vestibule où il y avait moins de courants d'air. « Voilà : dans cette affaire, il y a sûrement un homme, et c'est probablement celui qui a étranglé cette malheureuse. Puis il y a aussi une histoire d'argent. Vous avez vu tout comme moi, et même mieux, que ce salopard a fouillé partout pour chercher quelque chose. Et qu'est-ce qu'il cherchait, hein ? De l'argent. S'il en cherchait, c'est sans doute qu'il avait de bonnes raisons de croire qu'il y en avait. Mais il n'a rien trouvé, peut-être bien parce qu'il était trop pressé, et c'est sans doute pour ça qu'il a tué cette femme. Nous cependant, qui avons tout notre temps, nous pouvons sûrement chercher mieux que lui et plus calmement. Commençons par regarder les harpes. »

Et le commissaire Ragusa se mit presque aussitôt à tourner autour des harpes comme autour de bêtes curieuses ; puis il passa la main sur le bois de l'un des instruments, là où étaient attachées les cordes. Cela fait, il commença de frapper du doigt sur ledit bois, espérant y repérer un creux, un vide. Il n'y en avait pas. Mais le bois de l'une des harpes était orné de feuilles de laurier sculptées dans la masse, et le commissaire Ragusa trouva bizarre que l'une de ces feuilles tremblât sous sa main chaque fois qu'il l'effleurait. Une feuille sculptée de la sorte n'aurait pas dû remuer.

Alors il tira énergiquement dessus, et elle lui

resta dans la main : elle recouvrait une minuscule cavité. Il fouilla dedans, et en sortit une petite clef.

— Hé ! les gars ! (Les types de l'Identité judiciaire se précipitèrent.) C'est la clef d'un petit coffre-fort mural ou d'un coffret métallique. Puisqu'il y a la clef, il doit bien y avoir aussi le coffre-fort ou le coffret. Cherchons-les.

Vers six heures et demie du matin, déçus, ils firent une pause. Ils avaient sondé tous les murs de l'appartement, du parquet au plafond ; ils avaient déplacé tous les meubles, car le coffre-fort mural pouvait fort bien être dissimulé derrière l'un d'eux : rien. Ils avaient même minutieusement fouillé la salle de bains : toujours rien.

Le commissaire Ragusa regarda, pensivement et de nouveau, les deux harpes. Elles ne reposaient pas directement sur le parquet, mais sur un épais petit tapis marron.

— Déplacez-moi ces harpes, et soulevez-moi ce tapis, dit-il aux gars de l'Identité judiciaire. Il voulait voir ce qu'il y avait dessous ; et il le vit immédiatement : il y avait un autre petit tapis. « Soulevez-moi aussi celui-là. »

Et sous ce second tapis, dans une sorte de trou ménagé dans le parquet, il y avait un coffret de métal, très plat.

— Voilà qui est fait, dit le commissaire Ragusa en se saisissant du coffret. « Je vais m'occuper de ça. Vous autres, continuez votre boulot. (Puis il se rendit dans la cuisine avec Brosio.) Ferme vite les fenêtres, ou l'on n'y coupe pas d'une bonne pneumonie. »

Il prit une chaise, s'assit, posa le coffret devant

lui sur une table de formica, et l'ouvrit sans difficulté à l'aide de la clef trouvée dans la harpe. Il vit tout d'abord un gros cahier sur la couverture duquel figurait la mention *Dépenses*, très joliment calligraphiée. On y avait noté avec une incroyable minutie le total des dépenses de chaque jour, en spécifiant même le plus souvent le genre desdites dépenses : *Chaussures, Draps,* etc. Le commissaire Ragusa passa le cahier à Brosio :

— Tiens ! Jettes-y un coup d'œil pendant que je regarde ça.

« Ça », c'étaient deux carnets de chèques émanant de deux différentes banques de Turin, et qui se trouvaient également dans le coffret. Le premier permettait à sa titulaire, *Mlle Soletto Mathilde,* de tirer neuf millions de lires sur l'une de ces deux banques, et l'autre, un peu plus de quatre millions sur la seconde. De plus, le coffret contenait encore deux cent mille lires en argent liquide.

Le commissaire Ragusa examina les talons des chèques de chacun des carnets : les indications qui y figuraient en étaient nettes et précises. Le dernier chèque avait été tiré, et vraisemblablement touché, le 3 décembre de l'année qui venait tout juste de finir. Son talon portait la mention suivante : *Payé à mon ordre pour besoins personnels.* La somme était d'un million de lires. Ce qui revenait à dire qu'au jour de son départ, Mlle Mathilde Soletto avait touché un million de lires pour ses « besoins personnels », probablement en prévision de son voyage à Nervi où à Rapallo. Ce voyage, elle ne l'avait jamais fait ; et il n'y avait plus trace du million, son sac ayant été retrouvé vide de tout argent, sans même une pièce de dix lires.

Quelqu'un devait lui avoir dérobé cette somme, et ce quelqu'un ne pouvait être que l'homme qui l'avait étranglée.

— Regardez voir, monsieur le commissaire, dit soudain Brosio, feuilletant toujours le cahier.

Et le commissaire Ragusa lu ce qui suit, écrit d'une toute petite écriture : *19 septembre 1969. — Montre Vacheron et Constantin pour Carlo : 175 000 lires.*

— Fichtre ! Cent soixante-quinze mille lires pour une montre ? s'étonna-t-il.

La sienne marchait très bien, et il ne l'avait payée que seize mille lires.

— Il y en a même qui coûtent un demi-million, dit Brosio, d'un air entendu.

— Tu veux parler des horloges ; de celle du campanile de Venise, peut-être, dit le commissaire Ragusa.

Et il continua de feuilleter le gros cahier. A dater du 19 septembre, et en plus de la montre, Mlle Mathilde Soletto avait successivement offert à ce mystérieux Carlo : un briquet (trente mille lires), un imperméable (soixante-dix mille lires) et enfin une Fiat 124 (un million et demi de lires). Ce cadeau-là remontait à fin novembre ; et ç'avait été le dernier, car, peu après, début décembre, la généreuse donatrice avait été assassinée par celui-là même qui bénéficiait de ses largesses.

Mais qui était donc ce Carlo ? Et où se trouvait-il ? Le commissaire Ragusa ne pouvait tout de même pas arrêter tous les Carlo d'Italie. Il regarda le cahier d'un œil implorant comme pour lui demander son aide. Il le feuilleta, le refeuilleta et découvrit enfin, aux toutes dernières pages, un répertoire alphabétique où figuraient un certain nombre de noms. Il l'éplucha de A à Z : rien que des noms de femmes, probablement ceux des élèves du professeur de harpe. Oui, rien que des noms de femmes sauf un, à la lettre T : *Carlo Tonnara*, suivi d'une adresse et d'un numéro de téléphone. Il n'y avait guère qu'une chance sur un million que le nommé Carlo Tonnara se trouvât encore à l'adresse indiquée, mais il fallait tout de même y aller pour tâcher au moins de recueillir d'autres renseignements.

— Filons-y vite ! dit le commissaire Ragusa.

Eh bien, ce salopard n'avait pas changé d'adresse, et il était toujours là, — apparemment persuadé qu'on ne remonterait pas la filière jusqu'à lui, mais ignorant que sa victime, Mlle Mathilde Soletto, avait l'habitude de tout noter, même la couleur de l'imperméable dont elle lui avait fait cadeau.

A sept heures un quart. le commissaire Ragusa et Brosio lui tombèrent dessus, le réveillèrent, le traînèrent au commissariat sans même lui laisser le temps de s'habiller, un pardessus jeté sur son pyjama. Et le secouant comme un prunier, l'envoyant dinguer contre les murs, le menaçant des pires horreurs, ils finirent par le faire avouer.

— Assez, assez ! Oui, c'est moi...

C'était surtout un lâche. Oui, il connaissait Mathilde depuis septembre dernier ; il l'avait rencontrée à la mer. Oui, ils se voyaient toujours en cachette, car elle tenait beaucoup à sauver les apparences. Puis il lui avait dit qu'il aimerait bien retourner à Nervi, où ils s'étaient connus, et y passer plusieurs semaines avec elle. Trouvant cela follement romanesque, Mathilde avait accepté. Ils y seraient allés avec la Fiat 124, mais, pour donner le change à la concierge, elle avait feint de se faire conduire en taxi à la gare de la Porte Neuve. Ils s'étaient d'abord rendus ensemble dans la banlieue de Turin ; ils y avaient dîné ; il l'avait fait beaucoup boire, puis lui avait demandé à aller un moment chez elle, avant de partir. A cette heure-là, la porte de l'immeuble était fermée, les concierges couchés, et personne ne les aurait vus. Elle avait d'abord refusé, horrifiée, puis elle avait fini par céder. Une fois chez elle, au bout d'un moment, il lui avait demandé en la menaçant où elle mettait son argent. Et elle n'avait fait que lui répéter qu'elle n'avait plus un sou et que tout ce qu'elle possédait se trouvait dans son sac. Mais il n'était pas homme à se contenter d'un million : il voulait tout. Alors il l'avait frappée, en la menaçant de l'étrangler, et il avait vraiment fini par le faire. Puis il avait cherché l'argent partout, mais il n'avait rien trouvé.

— Eh bien, il y était, crétin, dit le commissaire Ragusa. Près d'une vingtaine de millions, chèques et bijoux compris.

— Et où c'était ? demanda, toute honte bue, le salopard.

Le commissaire Ragusa lui balança une claque à lui retourner la tête.

— Enlève-le-moi, dit-il à Brosio, ou je fais un malheur.

(Titre original : *Le arpe e il commissario.*)

ENCORE LES HISTOIRES DU BUREAU

La voix de femme demanda, impatiente, à l'autre bout du fil :

— Quoooi ?

Il répéta, timidement :

— Je viens de voir, dans le dernier numéro de votre revue, une page de publicité en couleur et qui représente un bébé dans un landau. Un bébé d'à peu près un an, avec sa mère à côté de lui.

— Oui, et alors ? dit aigrement la voix.

— Voilà... Je voudrais savoir, s'il vous plaît et si c'est possible, naturellement, le nom de ce bébé ou, plutôt, celui de sa mère.

La revue était là, ouverte devant lui, tandis qu'il téléphonait. La photographie publicitaire qui s'y voyait était fort nette en ce qui concernait le bébé assis dans son landau, mais la mère, elle, n'y paraissait que de profil. Malgré cela, il lui semblait tout de même bien que c'était Carla : la joue, la forme de l'œil et les cheveux étaient pareils aux siens, et la petite figure du bébé — mais peut-être n'était-ce là qu'une illusion — lui rappelait son propre visage.

— Mais vous êtes ici à la rédaction, monsieur ! dit la voix, de plus en plus impatiente. « Je vous passe la publicité. »

Là, une voix également impatiente lui répondit presque aussitôt qu'on ne pouvait rien lui dire et qu'il lui fallait s'adresser à l'agence qui leur avait « passé » cette publicité pour le landau. Mais un jeunot de l'agence en question lui dit à peu près la même chose, d'un ton cassant :

— Ah ! nous, vous savez, on ne peut guère vous renseigner : les photographes nous apportent leurs clichés, et on ne fait seulement que la maquette de la page.

Et il ajouta qu'il ne connaissait pas le nom du photographe.

— Tu ne vas pas rester toute la sainte journée pendu à cet appareil, non ? dit sa femme en entrant dans la pièce. « Je voudrais bien téléphoner un peu aussi. »

Alors il retourna précipitamment la revue, retournant du même coup la petite figure de ce bébé qui avait les mêmes yeux enfoncés que les siens, le même front carré, retournant aussi le profil de Carla, — car maintenant il ne doutait plus que ce fût elle. Et, dans ce cas, l'enfant était de lui. Mais les recherches n'étaient-elles pas inutiles à présent ?

— Encore les histoires du bureau, dit-il à sa femme en lui passant le combiné.

(Titre original : *Le solite rogne.*)

LE CARABINIER A LA FIÈVRE

Sa grande sœur avait un fiancé, et le fiancé avait une voiture. Alors, le samedi et le dimanche, il passait prendre sa grande sœur pour l'emmener faire un tour à la campagne. Et elle les accompagnait : elle leur servait de chaperon. Elle n'avait que huit ans, mais elle savait très bien pour quelles raisons maman l'avait chargée de les surveiller. Les fiancés allaient soit dans une guinguette des portes de la ville, tout près de la rivière ; soit dans une autre qui se trouvait au bord du lac le plus proche. Et elle les suivait toujours, à chaque minute, pas à pas ; elle savait qu'elle avait une mission, et rien ne l'en pouvait détourner. Le fiancé de sa grande sœur pouvait bien lui dire : « Salut, carabinier ! » et lui faire grise mine chaque fois qu'il la voyait ; sa grande sœur elle-même avait beau la tenter, en lui murmurant à l'oreille : « Va jouer au bord de l'eau, laisse-nous un peu tranquilles, et je te donnerai des sous pour t'acheter des belles petites bottes toutes neuves » : rien n'y faisait. Elle ne les quittait pas d'une semelle et continuait de les surveiller, discrètement mais inexorablement. Elle ne les laissait seuls que juste assez pour qu'ils puissent s'embrasser, guère plus longtemps, puis, réapparaissant avec une naïve impudence, elle disait alors à sa grande sœur :

— Cathy, il est tard, rentrons.

Ce samedi-là, comme tous les autres samedis, le fiancé de sa grande sœur était venu, une fois de plus, chercher celle-ci avec sa voiture ; et elles étaient aussitôt descendues toutes les deux ensemble. Le fiancé n'était pas au volant ; il se tenait debout sur le trottoir, appuyé contre la voiture, et il la regarda d'un drôle d'air. On voyait bien qu'il était nerveux.

— Ta petite frangine qu'on a toujours dans les pattes, y en a marre, non ? dit-il à sa fiancée, d'une voix mauvaise. « Moi, ce que je veux, c'est me balader avec toi toute seule, sans garde-chiourme ni carabinier. Ou tu renvoies ce microbe chez sa mère, ou alors tu en cherches un autre. »

Sa grande sœur se taisait. On voyait bien qu'elle avait peur parce qu'elle avait compris qu'il parlait sérieusement ; tellement peur même qu'elle se tourna vers elle et la regarda, navrée. Mais que pouvait-elle bien dire à une aussi petite gamine ? Elle chercha désespérément, sembla avoir trouvé, et lui dit enfin :

— Lili, on va remonter à la maison, tout de suite, et tu vas dire à maman que tu ne te sens pas bien, que tu as des frissons, la fièvre, et que tu ne peux pas venir avec nous... Tu as bien compris ?

Elle souhaitait ardemment que la petite l'ait comprise.

Et l'enfant les regardait bien en face tous les deux : lui, le fiancé à l'œil torve, toujours appuyé contre la voiture, et, elle, sa grande sœur, qui était au bord des larmes. Elle avait très bien compris : si elle ne les laissait pas seuls, le fiancé se lassait et laissait tomber sa grande sœur. Elle avait tellement entendu raconter d'histoires de fiancés, dans l'H.L.M. qu'elle habitait, qu'elle savait à quoi s'en tenir. Elle hésita un court instant, puis dit :

— Oui.

Et elle remonta chez elle, avec sa grande sœur. Leur mère vint leur ouvrir et demanda, toute surprise :

— Qu'est-ce qui se passe ?

— J'ai des frissons, maman, j'ai la fièvre..., dit la petite.

Une fois les couvertures remontées jusqu'aux oreilles, avec le thermomètre sous le bras pour prendre une température inexistante, elle écouta, toute heureuse, le vrombissement de la voiture du fiancé de sa grande sœur qui s'éloignait. Maintenant ils étaient seuls, tous les deux, il n'avait plus de raison d'être en colère, lui, et peut-être que, comme ça, il finirait par épouser sa grande sœur.

(Titre original : *Carabiniere con febbre*.)

LES BOUTIQUES

— Croyez-moi, votre place n'est pas ici, vous valez mieux que cela, dit le gros homme, sa grosse main, sa grosse patte plutôt, tendue vers elle qui semblait la déboiser et la tailler, nonchalamment, car c'était le dernier client de la journée, venu là plus pour parler avec elle que pour se faire manucurer.

Il devait sûrement avoir convaincu le reste du personnel, à force de pourboires aussi gros que ses grosses pattes, de les laisser tous les deux seuls dans leur coin, car en fait personne ne les dérangeait jamais.

— Comme je vous l'ai déjà dit, poursuivit-il, la directrice d'une de mes « boutiques » m'a quittée, et l'on peut tout juste continuer comme ça une semaine ou deux... Mais je vous vois très bien à sa place : vous êtes élégante, distinguée, et l'on voit tout de suite que vous connaissez la mode. Seulement, voilà, il faudrait me donner votre réponse demain au plus tard. Réfléchissez bien, mais pas trop longtemps.

Elle s'attaqua à l'annulaire de ce bifteck rosâtre en forme de main, mais c'était déjà tout réfléchi. D'autant que la main qu'elle manucurait nonchalamment était exactement pareille à une autre qu'elle avait tenue entre les siennes, une fois la semaine, trois ans plus tôt, et dont le propriétaire, avec presque la même voix et le même ton que ceux de son client d'aujourd'hui, lui avait fait exactement la même proposition. Lui aussi avait une « boutique » — qui se révéla, plus tard, n'exister que dans sa seule imagination — et, après trois années d'aventures et d'expédients plus ou moins scabreux — elle avait même, une fois, été arrêtée par la police et sévèrement admonestée, — elle avait réussi à reprendre son ancienne profession de manucure. Mais, aujourd'hui, les « boutiques », fantômes ou non, ne la tentaient plus : le cœur n'y était pas.

— Je vous remercie beaucoup, monsieur, mais je vous ai déjà dit que mon fiancé ne veut pas, dit-elle avec un rire de gorge enjôleur, car elle ne voulait pas risquer de perdre un bon pourboire en se montrant désagréable, — encore qu'elle n'eût plus de fiancé depuis sa première histoire de « boutique », mais seulement rien que de gros hommes pareils à celui-là.

(Titre original : *Le boutiques fantastiche.*)

DANS LA PINÈDE

La bande pénétra dans la pinède. C'étaient cinq garçons avec, chacun, une torche électrique à la main. Ils portaient de petites chemises à grosses rayures et qu'on aurait dites taillées dans de la toile à matelas. Deux d'entre eux étaient torse nu. La mer était si proche qu'on entendait l'indolent clapotis des vagues indolentes ; la lune n'était seulement qu'à son second quartier, mais elle était si lumineuse qu'on aurait dit une grosse lampe suspendue dans le ciel.

— Vive la vertu ! dit l'une des deux blondinets de la bande. « Le ratissage commence. »

Ce jeu du « ratissage », tellement amusant, plaisait très fort aux cinq garçons. L'immense pinède, qui longeait la mer, abritait des couples d'amoureux de toute sorte. Sur la pointe des pieds, silencieusement, se déployant en éventail comme un commando de *marines*, les cinq garçons, appartenant tous à d'assez bonnes familles du pays, aimaient à ratisser la pinède. Et, chaque fois qu'ils surprenaient quelque galant tête-à-tête, ils aveuglaient brusquement le couple en allumant tous ensemble leurs torches électriques, ricanant et criant :

— Vive la vertu ! Mort au péché !

Et, forçant alors les amoureux à sortir de la pinède, ils les poursuivaient en poussant des hurlements qui n'en finissaient plus.

Ce soir-là, le ratissage semblait s'annoncer à merveille. Ils découvrirent d'abord la patronne d'une pension de famille du front de mer, plus très fraîche, mariée, que tout le monde connaissait, et qui « conversait » avec un grand et gros Allemand ; puis un couple de jeunes Autrichiens ; puis une dame de Milan en compagnie d'un jeune type du pays qu'on appelait « le petit Fellini », — parce qu'il n'était pas grand et qu'il avait une caméra. Aveuglé par les cinq grosses torches, il leur dit en dialecte romagnol (1) :

— Mais fichez-moi donc la paix, bande de connards !

Et ils le laissèrent tranquille, parce que c'était un copain.

Le ratissage se poursuivit plus avant dans la pinède, ponctué tant par les cris des filles qui se rajustaient hâtivement sous l'implacable lumière des torches que par les hurlements du commando :

— Vive la vertu ! Mort au péché !

(1) C'est-à-dire de la Romagne, région du nord-est de l'Italie, baignée par l'Adriatique, et dont les villes principales sont Ravenne et Forli. (N. d. T.)

Tout au fond de la pinède, en un point où le clapotis de la mer ne s'entendait presque plus, la bande perçut soudain un chuchotement et se précipita, hurlante, en allumant ses torches :

— Sortez de là, et plus vite que ça ! C'est une honte !

Et de rire, avec de bonnes grosses plaisanteries romagnoles.

— Mais c'est Teodolinda !... s'exclama l'un des garçons, et les rires s'éteignirent aussitôt.

Teodolinda était le surnom de l'une des plus belles jeunes filles du pays, fiancée à l'un des garçons de la bande qui s'appelait Guidarello, et qui était là, et qui la regardait. Dans l'impitoyable lumière des torches, « sa » Teodolinda se rajustait fébrilement, aux côtés d'un blond plus très jeune, du genre Bavarois.

— Bonsoir ! dit Guidarello à Teodolinda. Tu m'avais dit que tu restais chez toi, parce que ta mère était malade.

— Cassons la gueule à ce Fridolin, dit l'un des garçons, furieux. Après ça, Guidarello dérouillera Teodolinda jusqu'à ce qu'elle devienne toute noire de coups.

Guidarello le retint.

— Eteignez vos torches, dit-il en éteignant la sienne, sa voix tremblant de colère et de chagrin. « La pinède est à tout le monde. » Et l'instant d'après, il hurla : « J'ai dit d'éteindre les torches ! »

Alors les quatre autres torches s'éteignirent aussi, et les cinq garçons s'éloignèrent. Le ratissage était terminé.

(Titre original : *Il rastrellamento*.)

DOUBLE JEU

Adieu, adieu, douce France, chantonnait mentalement Jacques Le Duc, en s'engageant sous le tunnel du Mont-Blanc au volant de sa Citroën bleu noir.

Il parcourut sans se presser les douze kilomètres dudit tunnel, la cigarette au coin de la bouche. Pas allumée, bien sûr, car les médecins lui avaient interdit de fumer et, comme il tenait très fort à la vie, il leur obéissait sans discuter ; mais têtu, en bon Breton qu'il était, il avait cependant toujours une cigarette aux lèvres, même s'il ne l'allumait pas.

Du côté italien, un jeune carabinier feuilleta le passeport qu'il lui présenta : *Le Duc, Jacques Yves. Né le 12.2.43. à Pont-Aven (Finistère). Profession : représentant de commerce.* En fait, la véritable profession de Jacques Le Duc était celle de tueur. En France, quand un policier solitaire le rencontrait et le reconnaissait, au lieu d'essayer de l'arrêter, il faisait mine de ne pas l'avoir vu et filait par la première rue de traverse, parce qu'il n'ignorait point qu'à l'empoigner il risquait d'y laisser sa peau.

Mais le jeune carabinier ne savait évidemment rien de tout cela. Il examina fort attentivement le passeport de Jacques Le Duc — passeport tout aussi faux que parfaitement imité — et laissa pénétrer sur le territoire de « la douce Italie » l'un des plus dangereux assassins auxquels la France avait jamais donné le jour.

A Courmayeur, Jacques Le Duc s'offrit un café ; puis, à travers le Val d'Aoste, cigarette éteinte aux lèvres, il se dirigea vers Turin. Son « métier » lui plaisait beaucoup parce qu'il lui permettait de voyager. L'année d'avant, il s'était rendu en Espagne pour y descendre un type qui avait voulu faire le malin, et il s'était arrêté à Pampelune où il avait vraiment passé les jours les plus heureux de sa vie.

De temps en temps, tout en conduisant, il tâtait la poche de poitrine de son veston : il y avait dessous un redoutable pistolet Mab calibre 9. Même en fait d'armes, Jacques Le Duc préférait les produits français.

Turin. La Citroën stoppa devant un hôtel de la via Cernaia, dont Jacques Le Duc poussa la porte. Il ne parlait seulement que le français ; mais il savait que c'était une langue qu'à Turin, presque tout le monde comprenait. Il demanda donc une chambre, s'y fit conduire et, une fois seul, vérifia le fonctionnement de son pistolet : le Mab était en parfait état de marche. Alors il décrocha le combiné du téléphone, demanda un numéro au standard et, en attendant qu'on le lui donne, se mit une nouvelle cigarette au coin de la bouche, mais ne l'alluma toujours pas. Le téléphone sonna.

— Allô ! dit-il. Monsieur Harara ?

— Lui-même.

— Ici, ton petit pote, Jacques le Breton. Viens tout de suite me retrouver à mon hôtel.

Et il en donna l'adresse.

— D'accord. A tout de suite, Jacques.

Un quart d'heure plus tard, on frappait à sa porte. Arrangeant un peu mieux son Mab sous son veston, Jacques alla ouvrir, très prudemment. C'était Marquis Harara, un Nigérien pur sang, étudiant en langues, qui se trouvait officiellement en Italie, à Turin, pour s'y perfectionner dans la connaissance de l'italien, mais qui arrondissait ses fins de mois en servant de correspondant et de « filiale » à la bande de Jacques.

— Salut, négro ! dit celui-ci, en serrant Marquis sur son cœur avec effusion. « Parole ! t'es encore plus noir que la dernière fois ! »

— Ne t'emballe pas, Jacques, dit Marquis, j'ai une mauvaise nouvelle à t'apprendre.

Jacques lui donna une chiquenaude sur la joue :

— Vas-y, cause, sacré orang-outan.

— Je ne sais plus où se trouve Isabella, j'ai perdu sa trace, dit Marquis.

Le visage de Jacques se rembrunit aussitôt :

— Qu'est-ce que ça veut dire : « Je ne sais plus où se trouve Isabella ; j'ai perdu sa trace ? »

— Ça veut dire qu'elle m'a semé. Il y a deux jours, elle était encore ici à Turin, mais maintenant on ne la trouve plus nulle part. Pas plus à sa banque

que chez elle ; et sa sœur ne sait même pas où elle est. Bref, elle s'est volatilisée.

— Alors, dit durement Jacques, t'es pas seulement un orang-outan, mais aussi un drôle de connard.

— Possible, dit le Noir, résigné.

— Et, d'après toi, pourquoi qu'elle se serait volatilisée, comme tu dis ? demanda Jacques.

Marquis haussa les épaules :

— Tu sais, elle n'avait pas la conscience tranquille. Alors, de là à penser qu'on enverrait un type de France pour lui régler son compte...

— Ça ou autre chose, Isabella n'en a pas moins joué la fille de l'air. Et tu l'as laissée faire, pas vrai, chimpanzé de mes bottes ?

— Je ne pouvais tout de même pas la filer vingt-quatre heures sur vingt-quatre.

Jacques tira le Mab de dessous son aisselle, le lança en l'air, le rattrapa au vol — geste déplacé, grotesque, dans ce douillet hôtel turinois — et le remit en place :

— Que tu dis ! Mais maintenant, négro, faut que tu me retrouves Isabella ou ça va être ta fête. Cette nana-là doit la fermer une fois pour toutes. Compris ? Et je suis venu en Italie pour ça, pas pour y admirer la tour de Pise.

— Bien sûr que je vais te la retrouver, dit Marquis Harara, apparemment plein de bonne volonté, mais en fait terriblement ennuyé.

C'était un Nigérien, oui, mais c'était aussi un intellectuel, et qui avait presque toujours vécu en Europe : la vulgarité de ce Blanc lui soulevait le cœur.

Trois jours plus tôt, quand Isabella sortit de la banque où elle travaillait, une petite voiture qui stationnait au bord du trottoir, une Mini Morris, démarra aussitôt et la suivit. Un grand et robuste Noir, au reste beau garçon, en tenait le volant : c'était Marquis Harara. Il suivit la fille jusqu'à l'arrêt du trolleybus, stoppa devant elle et lui ouvrit la portière.

— Monte, dit-il.

Et Isabella Fioretto monta dans la Mini Morris. Le noir embraya, roulant bientôt dans les rues les plus désertes et les plus sombres du nord de Turin.

— Ils t'ont repérée, Isabella, dit Marquis en s'arrêtant dans l'une des immenses avenues les plus mal éclairées de la périphérie. « Et un type doit arriver de France dans deux jours pour te descendre. »

Résignée, Isabella acquiesça d'un signe de tête : elle s'y attendait. Elle avait passé la trentaine, mais elle était belle, très belle même ; et les occasions de se marier ne devaient pas lui manquer. Toutefois son caractère fort indépendant faisait qu'elle ne pouvait jamais vraiment s'attacher à aucun homme. Elle en changeait tout naturellement. Souvent. Mais elle avait une très bonne situation dans la banque où elle travaillait : elle était le meilleur agent de liaison entre ladite banque et les autres établissements de crédit du Piémont, le meilleur « service » de renseignements bancaires qu'on pouvait imaginer. Un jour, un très joli garçon venu de France, genre Alain Delon, l'avait abordée et — comment dire ? — séduite, sans trop de difficultés. Puis, au cours d'une sorte de lune de miel qui les avait conduits du côté d'Ivrée, à quelque quarante kilomètres de Turin, il l'avait fait parler de son travail. Isabella savait tout sur toutes les banques du Piémont. En bonne Piémontaise qu'elle était, elle aimait infiniment son travail et ne se faisait point prier pour en parler. C'était ce faux Alain Delon qui lui avait fait connaître Marquis Harara. Au bout de quelque temps, trouvant que les renseignements qu'elle lui donnait de son plein gré sur les banques de la région étaient insuffisants, le faux Alain Delon l'avait frappée et torturée pour en savoir davantage. Elle avait tout dit.

Et ce fut alors que commença dans tout le Piémont une longue série de hold-ups dont furent victimes quantité de banques, même dans les plus petits bourgs. Connaissant on ne pouvait mieux — par Isabella et bien malgré elle — les jours et les heures où les banques visées étaient le plus bourrées d'argent, sachant au surplus combien elles comptaient d'employés et quels étaient les effectifs de leur service de sécurité, les gangsters opéraient toujours sans grands risques, passant d'une banque à l'autre. Venus de France, ils y retournaient sitôt leur coup fait. C'était presque trop facile.

Mais la très honnête employée de banque piémontaise — qui ne badinait point avec son travail, même si elle se montrait beaucoup moins stricte quant à ses amours, — cette très honnête employée-là, ne pouvant supporter cette suite de hold-ups, dont elle se tenait pour moralement responsable, décida d'y mettre un terme.

Comment ? En téléphonant anonymement à la police, en lui donnant le nom et le signalement du garçon qui, l'ayant séduite, avait tiré d'elle tous ces renseignements dont la bande avait si bien profité. Puis en précisant aussi qu'il s'agissait là de gangsters qui venaient de France.

Les polices italiennes et françaises eurent tôt fait de réduire sensiblement le nombre des hold-ups. Et la bande fut arrêtée presque au complet lors d'une dernière incursion en territoire italien. Durement interrogés, les gangsters finirent par donner les noms de leurs chefs, lesquels furent à leur tour arrêtés. Ce fut un sale coup pour le milieu français. Deux seulement des gros bonnets de la bande et une demi-douzaine d'hommes de main, dont Jacques Le Duc, parvinrent à échapper à la police.

Donc, ce soir-là, Marquis Harara était allé attendre Isabella à la sortie de sa banque. Après l'avoir suivie en voiture jusqu'à l'arrêt du trolleybus, il l'avait fait monter auprès de lui et lui avait dit qu'un type allait venir de France pour lui faire son affaire. Dans la Mini Morris, angoissée, brusquement transpirante, Isabella s'était parfaitement rendue compte du danger qu'elle courait.

— Pourquoi me dis-tu tout cela, puisque tu fais aussi partie de leur bande ? avait-elle demandé. Tu cherches à me tromper, ou quoi ?

— Non, avait répondu Marquis, je veux seulement te sauver.

— Et pourquoi veux-tu me sauver ? avait-elle dit.

Marquis avait alors posé sa main noire sur le blanc genou d'Isabella :

— Parce que je t'aime. Je pense toujours à toi.

Il y a des nuits où je n'en dors pas. Je te vois, je te serre dans mes bras.

— Ote ta main de là.

— Oui, je l'enlève, mais j'ai envie de toi à en crever.

— Je regrette, Marquis.

Marquis, haletant, s'était efforcé de dominer le désir qui le submergeait :

— Oui, je sais, tu es raciste : tu n'aimes pas les Noirs. Tu couches avec un Blanc, même si c'est une ordure, — mais pas avec un Noir. Jamais !

— Excuse-moi, Marquis, avait-elle dit.

C'était plus fort qu'elle : les Noirs lui répugnaient.

— Non, je ne t'excuse pas, avait poursuivi Marquis, toujours haletant. « Je pourrais te violer ici, dans cette voiture ; mais ça ne me dit rien, j'aime que les femmes soient consentantes. Je sais bien que tu ne me céderas jamais, sale raciste, mais je veux quand même te sauver. Je te le répète, quitte Turin avant que le tueur n'arrive. Ce n'est pas la peine d'aller très loin. L'important, c'est que personne ne sache où tu es, pas plus ta sœur que les gens de ta banque. »

Il lui avait alors mis de nouveau sa main sur le genou, incapable de résister plus longtemps à l'impulsion irrésistible qui le poussait vers elle.

— Ote ta main.

— Oui, je l'enlève, avait-il dit, amer et humilié. Va où tu veux, mais file. Téléphone-moi de temps en temps, de nuit, comme ça je pourrai te donner les dernières nouvelles.

— Merci, lui avait-elle dit. Ote ta main.

— Oui, je l'enlève.

Jacques Le Duc se tenait aux côtés de Marquis Harara qui conduisait. La Mini Morris stoppa dans une petite rue de la périphérie.

— Voilà ! C'est ici qu'habite la sœur d'Isabella, dit Marquis.

— Tu crois qu'elle comprend le français ? demanda Jacques.

— Je pense que oui. Je t'attends dans la voiture.

— D'ac, négro. J'en ai pour une minute.

— Troisième étage, précisa le Noir.

Jacques Le Duc s'engouffra dans le couloir, monta rapidement au troisième et sonna. Une jeune femme vint lui ouvrir. Elle s'appelait Anna. C'était la sœur d'Isabella. Très jeune, très douce, les beaux garçons l'intimidaient un peu, et Jacques, quoique tueur de profession, était plutôt bien de sa personne.

— Excusez-moi, dit-il en français, je désirerais parler à Mlle Isabella Fioretto.

— Ma sœur n'est pas là, dit Anna en le faisant entrer et en refermant imprudemment la porte derrière lui.

— C'est ennuyeux, j'avais absolument besoin de la voir.

— Elle m'a dit qu'elle s'absentait de Turin, mais sans me dire où elle allait.

— Dommage ! Il s'agissait de quelque chose d'urgent.

Jacques Le Duc, à bien regarder la douce et timide jeune femme, comprit qu'elle ne lui mentait pas : elle ignorait vraiment où se trouvait sa sœur.

Puis il eut envie de rire. Il venait de trouver le moyen de faire sortir Isabella Fioretto de sa cachette. Et il mit brusquement les mains autour du cou de cette gentille et timide jeune femme, et serra de toutes ses forces, appuyant à fond ses deux pouces contre la carotide jusqu'à en faire craquer l'os. Et ce ne fut seulement que lorsqu'il fut bien sûr que sa victime était morte qu'il relâcha son étreinte. La jeune femme s'écroula sur le sol.

Jacques Le Duc sortit sans même lui accorder un regard, regagna la rue, et sauta dans la voiture aux côtés de Marquis. Riant et ricanant maintenant ouvertement, il tira son paquet de cigarettes de sa poche, en prit une et se la mit au coin des lèvres sans l'allumer.

— Fonce, négro, et arrête-toi dès que tu verras un bar : faut qu'on téléphone. (Il continuait de ricaner.) J'ai trouvé le moyen de faire sortir Isabella de sa planque. (Il ricanait et riait doucement, mais avec un plaisir évident.) Je vais te dire, j'ai buté sa frangine. Alors qu'est-ce que tu crois qu'il va se passer ? Les Ritals, c'est bien connu, ont le sens de la famille, aussi, quand notre petite copine lira dans le canard qu'on a étranglé sa frangine, elle radinera fissa à Turin, pour l'enterrement, les couronnes et le toutime. Et je te la descendrai de première. Facile ! (Il avait dit : « Je te la descendrai de première » avec l'air ravi du connaisseur qui se régale à l'avance du fini d'un travail.) Maintenant tu vas téléphoner aux flics, anonymement, et tu leur diras que, telle rue, tel numéro, tel étage, ils trouveront une bonne femme morte, étranglée. Je veux pas que ça traîne ; je veux qu'on sache tout de suite que la frangine d'Isabella s'est fait buter et que ce soit dans les canards de demain matin.

Marquis ne put faire autrement que de s'exécuter. Au premier bar qu'il aperçut, il téléphona à la police et dit, avec les détails adéquats, que la sœur d'Isabella avait été assassinée. Puis Jacques lui donna quartier libre. Alors Marquis rentra rapidement chez lui et s'assit auprès de son téléphone, attendant un éventuel appel d'Isabella. Elle lui avait déjà téléphoné la nuit d'avant, et il lui avait dit que Jacques Le Duc, le tueur, venait d'arriver. Il attendit tout le jour et toute la nuit. En vain. Il ne pouvait pas l'appeler car il ignorait où elle se trouvait. Il n'avait pas voulu le savoir, et il lui avait dit pourquoi :

— Tu comprends, on pourrait se rendre compte que je suis en cheville avec toi ; et on me torturerait sûrement pour savoir où tu te planques, et je finirais par le dire. Alors il vaut mieux que tu gardes ça pour toi, et change d'endroit tous les deux ou trois jours. Si tu tiens trois semaines, un mois, ils finiront peut-être par en avoir marre, et ils te ficheront la paix. Ils te laisseront la vie sauve.

Mais, cette nuit-là, Isabella ne l'appela point, et il ne put donc lui dire de ne pas revenir à Turin, même si elle lisait dans les journaux que sa sœur avait été assassinée, — car il y allait de sa vie.

Oui, c'est vrai, les Italiens ont le sens de la famille. Le lendemain, quand elle lut dans les journaux que sa sœur Anna avait été étranglée, Isabella comprit aussitôt que c'était parce que, ne le sachant pas, elle n'avait pu dire où elle se cachait. Horrifiée, bouleversée, oubliant toute prudence, elle accourut à Turin, y reconnut le cadavre d'Anna dans la sinistre chambre froide de la morgue, puis se rendit aux pompes funèbres, suivant, ce faisant et sans s'en douter, un itinéraire qui devait la conduire à la mort et que Jacques Le Duc avait évidemment prévu.

La dernière étape en était l'appartement qu'elle habitait avec sa sœur et où celle-ci avait été assassinée. Et elle y alla, afin de mettre un peu d'ordre dans tout ce qui avait appartenu à la pauvre morte, — toujours le sens de la famille.

Ou plutôt elle tenta d'y aller.

Elle n'y parvint pas, car Jacques Le Duc montait la garde, depuis des heures, devant l'entrée de l'immeuble. Il ne la connaissait pas, mais Isabella ressemblait tellement à sa sœur Anna qu'il sut tout de suite que c'était elle. Il lui barra le chemin alors qu'elle allait s'engager dans le couloir.

— Saute dans cette bagnole, près du négro qui est au volant, ou je te bute.

Isabella n'eut pas le choix. Elle se rendit compte qu'elle était tombée dans un traquenard, mais elle n'y pouvait rien. Elle monta donc dans la Citroën bleu noir de Jacques Le Duc et s'assit aux côtés de Marquis, en faisant mine de ne le point connaître. Le tueur, lui, prit place sur le siège arrière, son Mab calibre 9 au poing.

— Chimpanzé de mes bottes, mène-nous dans un petit coin tranquille : faut que je dise deux mots à mademoiselle.

Le Noir acquiesça d'un signe de tête. Il savait que ce que Jacques voulait c'était un endroit suffisamment écarté et désert pour y descendre Isabella. Rien d'autre.

— Allons vers la colline, dit-il.

— Où tu voudras, je m'en fous. Mais allons-y tout de suite.

La Citroën traversa Turin, franchit le Pô et commença de gravir la colline.

— Ici, ce sera au poil, dit Jacques Le Duc quand, ayant presque atteint le sommet de ladite colline, ils se retrouvèrent sur un tronçon de route où ne se voyait personne, non plus que la moindre maison. Brandissant alors son Mab, il en appuya le canon contre la nuque d'Isabella :

— Bouge pas, moucharde de mon cœur, ça te fera moins bobo.

Il n'eut pas le temps d'appuyer sur la détente : Marquis Harara se retournant d'un coup lui vida tout le chargeur de son modeste Beretta calibre 7,65 en pleine figure. Et ladite figure se couvrit aussitôt de cratères pareils à ceux qui se voient sur la face visible de la lune, mais qui dégouttaient de sang. Le tueur était mort. Epouvantée, Isabella fondit en sanglots. Elle avait senti le froid du canon du Mab contre sa nuque, et c'était là une sensation qu'elle ne pourrait jamais plus oublier.

— Ne pleure pas, Isabella, dit Marquis en lui mettant instinctivement sur le genou une main qui tendait instinctivement à monter, mais qui s'arrêta. « Tu n'as plus rien à craindre maintenant. »

— Mais ils te descendront dès qu'ils sauront que tu as tué Jacques, dit-elle, sanglotant toujours.

— Sûrement, mais l'important c'est que tu t'en sois tirée.

La main montait, et Marquis, ne se dominant plus, ne parvenait pas à la retenir.

— Ote ta main, ôte ta main, je t'en prie, dit durement Isabella, entre deux sanglots.

« Oui, oui, oui, sale raciste, pensa le Noir, l'affreux négro va ôter sa main, ne pas souiller le beau lys blanc. Oui, oui, oui. »

Il pensa cela, mais ne le dit point. Puis il ôta sa main et dit calmement, en bon Africain intellectuel qu'il était :

— Descends, file, disparais. Laisse-moi faire, je vais m'occuper du petit copain qui se trouve sur le siège arrière.

Et, de la Citroën, il la regarda s'éloigner sur la route déserte, puis disparaître au premier tournant, avec toujours, lui, au creux de la main, la sensation de son genou, à cette sale raciste.

(Titre original : *Doppio gioco*.)

LE LION NESTOR

La petite auto jaune du cirque forain parcourait le bourg en tous sens depuis près d'une demi-heure. Et l'employé en dolman à brandebourgs, assis, micro en main, aux côtés du gars qui conduisait, répétait sans fin son appel qui se répercutait dans les petites rues et sur les rares places, lesquelles, éclairées plus encore par la lune que par les réverbères, se vidaient aussitôt comme par enchantement, bien que ce fût un samedi soir. Une fois son tour de ville achevé, l'auto se dirigea vers la campagne, car il fallait aussi alerter les fermiers d'alentour. Le haut-parleur continuait de diffuser l'appel que l'employé du cirque répétait le plus calmement du monde, et qui allait se perdre soit dans les sentiers blancs de lune, soit au-dessus des champs tirés au cordeau et gorgés de blé. Tant et si bien que ledit appel finit aussi par les toucher. Ils étaient là, tous les deux, allongés sur l'herbe drue qui s'étendait comme un tapis au pied des mûriers, tout au long du petit fossé. Loin des maisons et des regards, dans les bras l'un de l'autre, loin de tout ce qui n'était pas eux-mêmes, ils ne l'étaient tout de même pas au point de ne pas comprendre, en fin de compte, ce que disait le haut-parleur :

— *Avis ! Le lion Nestor du « Mondial-Circus » s'est échappé. Que tout un chacun rentre immédiatement chez soi et n'en sorte pas jusqu'à nouvel ordre.*

Le haut-parleur répéta la chose tout près d'eux en crachotant ; puis encore et encore, et de moins en moins distinctement, dans la lumineuse et scintillante poussière de lune.

Le garçon se dégagea brutalement des bras de la fille, se mit debout d'un coup de reins et jeta, haletant, un regard à l'entour — on y voyait presque comme en plein jour, — mais la maison la plus proche était tout de même très loin.

— Grouille-toi ! lança-t-il rudement à la fille.

Et déjà il fonçait frénétiquement vers la lointaine maison comme vers un havre de grâce.

— Attends-moi ! cria-t-elle.

Malgré qu'elle eût très peur, il lui fallait tout de même se rajuster un peu et elle n'aurait jamais pu courir aussi vite que lui. Mais il se retourna à peine, hurlant comme un fou, et sans seulement s'arrêter.

(Titre original : *L'innamorato che non si ferma.*)

LE PLUS BEAU GARÇON DU MONDE

Après avoir follement couru, presque au hasard, les deux voyous ne soufflèrent un peu qu'aux portes de la ville. Le coup avait réussi, mais celui des deux qui avait une énorme toison noire avait dû tirer. Et comme ils ne s'y attendaient ni l'un ni l'autre, le souvenir de cet homme, qui s'était écroulé en se mettant aussitôt à saigner abondamment de la bouche, leur donnait encore froid dans le dos.

— Arrêtons-nous un moment et buvons quelque chose, ou je vais tomber dans les pommes, dit Toison Noire. Et il entra dans un café : « Une *grappa* dans un grand verre », dit-il à la caissière (1).

C'était un bar-tabac, un peu isolé, et qui venait tout juste d'ouvrir ses portes dans ce quartier encore à demi campagnard. La salle en était à peu près vide, à l'exception d'une petite blonde assise près d'un juke-box silencieux, d'un gros garçon qui se tenait derrière le comptoir, et de la caissière, bien sûr.

— Une eau minérale, bien glacée, dit le copain de Toison Noire.

(1) Dans presque tous les bars et cafés d'Italie, on passe d'abord à la caisse et l'on paie sa consommation en échange d'un ticket qu'on présente ensuite au garçon pour se faire servir. Quant à la *grappa,* c'est du marc de raisin. (N. d. T.)

Avec ce macchabée sur les reins et la police qui allait leur tomber sur le paletot, voilà qu'après avoir frissonné de peur, ils transpiraient maintenant à grosses gouttes.

Toison Noire mit une pièce de cinquante lires dans le juke-box, en souriant gentiment, galamment, à la petite blonde qui baissa les yeux :

— Choisissez vous-même un disque, mademoiselle.

La demoiselle en question était la fille du concierge de l'immeuble le plus proche, lequel se trouvait tout de même à deux cents mètres de là. Et ce bar-tabac, avec sa télévision, son juke-box, ses lumières, lui semblait le fin du fin : c'était son luxe. Il y venait beaucoup de garçons, mais aucun ne l'avait encore troublée comme celui-là, avec ses yeux de velours et sa voix chaude et vibrante. Elle avait seize ans et avait toujours rêvé d'un garçon pareil. Elle appuya sur les boutons du juke-box.

— Je mets le F-5, dit-elle, d'une voix encore enfantine. « C'est *Mon cœur,* chanté par Rita Pavone (1). »

Peut-être bien qu'il habitait le quartier et qu'elle l'aurait revu. Elle rougit à cause des paroles de la chanson. Peut-être bien qu'il aurait deviné qu'elle avait choisi ce disque pour lui faire comprendre que, comme dans la chanson, son petit cœur commençait à souffrir d'amour : c'était le plus beau garçon du monde.

(Titre original : *Il più bel ragazzo del mondo.*)

(1) Voir note page 14. (N. d. T.)

LE ROUGE A LÈVRES

Les gens du pays le savaient bien que la voiture était toujours là, dans les eaux du lac, par vingt mètres de fond, — un accident qui remontait déjà à pas mal d'années. Et dès qu'on le lui eut dit, ce grand garçon sympathique, passionné de pêche sous-marine, voulut y aller voir. Ce n'était pas facile, surtout à cause du manque de lumière, mais il connaissait son affaire. La vieille voiture était maintenant devant lui, coincée entre deux rochers — c'était au reste pour cela qu'on ne l'avait pas remontée à la surface, — toute brillante, comme si elle n'avait été au fond du lac que depuis quelques heures seulement. Oui, toute brillante, à cause des courants qui ne cessaient de la laver, de la rincer. Quelques herbes aquatiques flottaient mollement à l'intérieur de la carrosserie ; et une portière en était ouverte comme si quelqu'un s'apprêtait à monter dedans. Le grand garçon, intrigué par le côté mystérieux et tragique de cette étrange épave, nagea plus près encore et passa la tête à l'intérieur. Quelque chose brillait au pied du volant, qui attira son attention et qu'il ramassa sans bien savoir ce que c'était. Puis il remonta à la surface, et vit qu'il s'agissait d'un étui de rouge à lèvres. Quand il parvint à le dévisser, il y avait encore dedans un reste de rouge incarnat. La femme, qu'il imaginait très jeune, devait l'avoir sorti de son sac quelques instants avant l'accident pour se refaire les lèvres, après que l'homme qui se tenait au volant à ses côtés l'eût passionnément embrassée quand ils s'étaient arrêtés. Le grand garçon l'imagina le bâton de rouge à la main, prête à s'en servir malgré les légères secousses de la voiture. Peut-être bien qu'elle avait dit à son compagnon : « Roule un peu moins vite pour que je puisse me remettre du rouge. » Peut-être bien qu'elle n'avait même pas encore achevé sa phrase que déjà, dérapant, la voiture tombait au fond du lac. Peut-être était-elle sur le point de dévisser l'étui quand elle s'était retrouvée au fond des eaux, encore vivante, son bâton de rouge à la main. Mais qu'elle ait voulu se remettre du rouge n'importait plus guère désormais. Plus rien n'importait d'ailleurs.

Le grand garçon, assis sur une grosse roche qui dominait le lac, revissa l'étui et le rejeta brusquement dans les eaux. C'était un jeune homme sensible et imaginatif et, chaque fois qu'il lui arriverait maintenant de voir une femme se mettre du rouge aux lèvres, il reverrait du même coup la jeune morte du lac faire le même geste.

(Titre original : *Il rossetto sommerso.*)

LA JEUNE VEUVE

Ils sortirent du magasin, sous les arcades de la place, ou plutôt de la « boutique » ainsi que le disait l'enseigne, ils sortirent de la « boutique », pareille aux « boutiques » des grandes villes, la dernière malle qui contenait ces quelques robes, chemisiers et bijoux fantaisie qu'aucun habitant du pays ni même du voisinage n'était jamais venu acheter. Puis ils la chargèrent sur le camion, avec les meubles : les deux petits fauteuils de velours vert olive ; la table ovale suédoise ; les deux grandes glaces murales ; le lustre de cristal ; avec aussi tout un tas de cintres qui semblaient neufs, et qui l'étaient effectivement.

La pluie ne cessait pas, qui tombait avec un bruit de grêlons sur la bâche du vieux camion. Lâchement cachés, ou presque, derrière les arcades, il y avait là quelques-uns des salopards de l'endroit, et pas seulement des salopards, mais aussi des sadiques. Tout ce joli monde regardait avec jubilation la jeune veuve, trempée comme une soupe, s'activant avec le vieux chauffeur pour finir de charger le camion, avant de quitter le pays. Puis il y avait aussi là le Grand Salopard, un jeune snob en imperméable blanc et bottillons fourrés, fils du plus important notable de l'endroit, un vrai gangster, ce jeune snob, et qui ne se dissimulait même pas derrière les arcades, lui, mais se tenait près de l'entrée du magasin, de la « boutique ».

La jeune veuve en sortait justement, portant un aspirateur qu'elle chargea seule sur le camion, rageusement.

— Ma colombe, lui dit, sarcastique, le Grand Salopard, si tu m'avais écouté, rien de tout cela ne te serait arrivé.

Si elle l'avait écouté... Elle ne le regarda même pas. Elle avait ouvert cette « boutique » avec le peu d'argent que son mari lui avait laissé en mourant, et c'était la seule « boutique » de la région. Mais, comme elle n'avait pas voulu coucher avec le Grand Salopard, autant dire avec le maître du pays, personne n'était jamais venu lui acheter quoi que ce soit, — car personne ne voulait courir le risque de déplaire à ce dangereux individu. Aussi maintenant, après avoir résisté toute une longue année, la jeune veuve devait fermer, partir.

Mais, avant de monter sur le camion, elle cria très fort au Grand Salopard, de façon à ce que tout le monde puisse entendre :

— N'empêche qu'avec moi ça n'a pas marché, comme avec toutes les autres !

Elle triomphait quand même.

(Titre original : *Una vedova giovane.*)

TROP BLOND

Cigarette aux doigts, elle se promenait de long en large à travers la chambre d'hôtel. Oui, de long en large, encore que le trajet fût court, car la pièce était tout juste un peu plus longue que le lit.

— Viens m'aider, ou nous n'en finirons jamais, dit-il, assis devant une petite table qui disparaissait sous un monceau de lettres.

Elle mit la cigarette au coin de ses lèvres, et vint à son tour s'asseoir à la table. Il y avait là plus d'une centaine de lettres. Elle en prit une au hasard, dans le tas, l'ouvrit et commença de la lire sans ôter sa cigarette de la bouche.

— Là, tu vois, ce sont les trois paquets, dit-il.

Elle prit une autre lettre et l'ouvrit, en le regardant un moment, car un rayon de soleil venait soudain d'atteindre la blonde masse de ses cheveux et, durant un court instant, on aurait pu croire qu'ils flambaient.

— Celui qui est près du mur, dit-il, ce sont les « oui » ; celui du milieu, les « peut-être » ; et le dernier, les « non ».

— Je sais, dit-elle.

Elle jeta sa cigarette dans le lavabo qui se trouvait tout près de la table et ouvrit une nouvelle lettre :... *J'ai lu votre petite annonce dans le journal. J'ai vingt-neuf ans, je vis seule avec ma mère et j'ai une bonne situation. Je vous joins ma photo...* Elle regarda la photographie : la pauvre, elle n'était même pas tellement laide, mais on aurait dit qu'elle avait un goitre. Elle mit la lettre sur le petit paquet des « non », et regarda de nouveau son beau grand blond. Ce n'était pas vraiment un truand, non : il se contentait seulement de faire passer une petite annonce dans le journal, sous la rubrique *Mariages,* puis il se faisait avancer de petites sommes par ses « fiancées » et disparaissait. Cela durait depuis des années ; il ne savait absolument rien faire d'autre. C'était du reste comme cela qu'il l'avait connue ; mais, elle, il l'avait épousée, Dieu sait pourquoi. Et depuis lors, l'aimant plus que tout au monde, elle partageait sa misérable vie, le suivant d'hôtel en hôtel, sans parvenir jamais à lui faire faire autre chose, ni à le quitter. Il était trop blond.

(Titre original : *Troppo biondo.*)

IL N'AVAIT JAMAIS BESOIN D'ELLE

Ils vinrent à quatre, aux premières lueurs de l'aube, faisant d'abord se lever le concierge. Puis elle, en sonnant si longtemps qu'elle comprit tout de suite que c'étaient eux et, du coup, alla leur ouvrir sans trop se presser. Ils entrèrent tous les quatre, sans même dire : « Police ! » et, cependant que trois d'entre eux se précipitaient dans les trois petites pièces de l'appartement, le quatrième resta près de la porte.

— Surveille aussi la terrasse, lui cria l'un des trois. On n'est jamais qu'au deuxième ici.

Ils cherchèrent sous le lit, sous le divan, dans les armoires et même à l'extérieur des fenêtres, au cas où il se serait agrippé à quelque aspérité du mur, tuyau ou autre. Et, quand ils en eurent marre, ils allèrent la retrouver tous ensemble et la regardèrent.

— Essayez de nous aider, ma petite dame, dit

l'un d'eux. Votre mari vient ici de temps en temps et, quand il n'est pas là, vous savez sûrement où il se trouve.

— Mais ça fait cinq ans, dit-elle, cinq ans que je ne le vois plus, vous le savez bien. Et vous n'en continuez pas moins de venir ici de loin en loin.

Et elle s'assit, résignée.

— Faut pas nous prendre pour des connards, dit celui qui venait de parler. Et il vaudrait mieux que vous nous aidiez à le retrouver, ou ça pourrait barder pour votre matricule.

— Mais, avec toutes les femmes qu'il a, vous pensez bien qu'il ne vient pas me voir. Et il ne doit même pas se rappeler que j'existe, dit-elle en hochant la tête.

— Ne nous faites pas perdre patience, ma petite dame. Les autres tournent autour de votre mari, mais c'est tout de même vous qui êtes sa femme, non ?

— Laisse tomber, vieux, elle ne parlera pas, dit un autre.

Et ils s'en allèrent, comme les autres fois, le regard mauvais, sans la croire. Elle leur avait pourtant dit la vérité : elle ne le voyait plus depuis cinq ans ; elle l'avait longtemps attendu, espérant qu'il viendrait lui demander de l'aider, de le cacher, là, dans ces trois petites pièces. Elle aurait été tellement heureuse de lui rendre service, mais il n'avait jamais besoin d'elle, bien qu'elle fût sa femme. Il n'en avait que faire.

Il n'y avait que les flics pour croire le contraire.

(Titre original : *Non gli serviva.*)

AUTO-STOP SOUS LA PLUIE

Il pleuvait à seaux. Il aperçut la fille au travers du pare-brise, dans le va-et-vient incessant de l'essuie-glace : debout sous la pluie en bain-de-soleil orange, elle agitait désespérément la main. Il n'aimait guère prendre des auto-stoppeurs à son bord, mais, outre que la fille lui semblait très belle, il lui paraissait inconcevable de laisser un être humain quel qu'il fût, homme ou femme, sur une route de campagne non asphaltée, par un temps pareil.

Il stoppa juste devant elle et ouvrit la portière. Elle bondit auprès de lui, trempée de la tête aux pieds, dégouttante de pluie, inondant tout autour d'elle. Avec ses longs cheveux châtain roux, trempés eux aussi, et qui lui tombaient au-dessous de la poitrine, elle avait tout l'air d'une chatte repêchée dans un ruisseau. Une fois la portière refermée, elle sourit un peu nerveusement.

— Merci, monsieur, dit-elle en français, merci beaucoup.

Puis elle éclata de rire très fort ; et cela dura un moment.

« Ah ! se dit-il, c'est une Française, et elle est soûle. »

Tout ce coin, près de la mer, regorgeait d'étrangères qui buvaient le vin doux du pays au goulot, puis, telles des phalènes, se mettaient à tourner autour des hommes.

— Où puis-je vous déposer, mademoiselle ? demanda-t-il en français.

— Où vous voudrez, répondit-elle, je ne vais nulle part. Vous parlez très bien le français, monsieur.

— Oh ! dit-il, mais c'est un compliment, et nous allons continuer de parler en français.

Ce n'était pas un *latin lover,* un bourreau des cœurs. Non, c'était seulement un jeune instituteur qui passait son congé annuel dans une colonie de vacances marine qui accueillait les enfants du personnel d'une grosse société milanaise. Il y était moniteur, de sorte que ses vacances, qui ne lui coûtaient rien, lui rapportaient même quelque argent. Mais, sans être un *latin lover,* aucun homme digne de ce nom ne pouvait point ne pas profiter d'une occasion pareille.

— Il pleut trop fort, mademoiselle, et il vaut mieux que nous nous arrêtions un moment sous ces arbres, dit-il.

— Oui, monsieur, oui.

Et elle se mit de nouveau à rire, nerveusement, presque hystériquement.

A peine eut-il stoppé qu'il l'embrassa sur la

bouche. Elle devait être terriblement soûle, car elle lui rendit immédiatement son baiser, en le serrant très fort dans ses bras. Mais, brusquement, alors que la pluie tambourinait sur le toit de la voiture, elle le repoussa en disant, d'une voix haletante :

— Je ne veux pas mourir, je ne veux pas mourir.

Il s'écarta un peu d'elle, sans bien comprendre, mais avec le sentiment qu'elle parlait sérieusement.

— Pourquoi dis-tu que tu ne veux pas mourir ? demanda-t-il.

— Parce que, dit-elle — elle avait déjà les yeux fermés et parlait avec peine, — parce que je suis en train de mourir. J'ai pris soixante comprimés de valériane, deux tubes entiers, là, sous la pluie. Comme ça, sans rien pour les prendre. (Elle parlait maintenant comme dans un délire ; et, de fait, elle délirait.) Je tenais les comprimés dans le creux de mes deux mains, ça me faisait comme un verre, et, quand il y avait assez d'eau de pluie, je les avalais. Pas difficile, tu sais, c'étaient des tout petits comprimés... Comprends-moi, mon petit... Mon ami, un Marseillais, m'a plaquée pour partir avec une autre, et il m'a pris tout mon argent. Alors, bien sûr, j'ai voulu mourir, et puis aussi parce que l'été était fini. Il pleut, il pleut, il pleut, et moi j'adore le soleil, le soleil. Mais maintenant je ne veux plus mourir, je ne veux plus, mon petit ! Sauve-moi, sauve-moi, je ne veux plus mourir...

Ce dernier mot ne fut seulement qu'un murmure ; et elle sombra dans l'inconscience.

Il embraya aussitôt, et fonça sous la pluie diluvienne. Il y avait un hôpital quelques kilomètres plus loin.

— Je regrette, dit la directrice de la colonie de vacances, mais je me vois obligée de renoncer à votre collaboration, cher monsieur. Le personnel de notre société confie ses enfants à notre colonie parce qu'il est sûr de la moralité de nos collaborateurs. Or on a vu votre photographie dans tous les journaux, les carabiniers vous ont interrogé trois jours durant, on ne sait pas encore très bien pourquoi vous vous trouviez en voiture avec cette Française, ni quelle est exactement la nature des rapports que vous entreteniez avec elle.

« Bon, se dit-il, me voilà congédié, mais Monique est sauvée. »

La dernière touriste de la côte, cette belle fille qui aimait tant le soleil, était vivante. Et c'était là l'essentiel. Quant à lui, il se jura bien de ne plus jamais prendre qui que ce soit dans une voiture, et surtout pas les jolies filles.

(Titre original : *Arancio sotto la pioggia.*)

L'ESPOIR FAIT VIVRE

L'enfant portait une petite robe bleue et une brassière de laine blanche. Elle avait des cheveux bruns, presque aussi courts que ceux d'un garçon. Et sa maman la tenait par la main, bien qu'elle eût déjà deux gros paquets dans les bras, parce que la rue était pleine de monde. Un char d'assaut passait tout au fond, sur la place, achevant d'en écraser l'asphalte déjà broyé, disloqué par les bombardements des derniers mois, et son bruit de ferraille s'entendait jusque-là, si bien que les vendeurs à la sauvette qui s'égosillaient à crier : « Cigarettes américaines, en cartouche, au paquet, au détail ! » se mirent à crier plus fort. La petite suivait sa maman en se cognant dans les longues jambes osseuses des soldats anglais en short, dans celles, nues, des femmes et des filles, en ne voyant seulement du monde que ce va-et-vient de pantalons, de jambes et de jupes, ou bien encore les roues de quelques dangereuses charrettes où s'amoncelait un tas de choses à vendre de toute sorte, qui allaient du jambon en boîte, importé des U.S.A., à des vestes d'officiers allemands, à des sacs de haricots, et même à de longs pistolets dont quelques-uns étaient peut-être bien encore chargés. La petite, pourtant, continuait d'avancer tant bien que mal dans le brouhaha et la poussière de ce brûlant matin de mai, plus brûlant encore que si l'on avait été au mois d'août, cependant que passaient de temps à autre des camionnettes sur le toit desquelles des maquisards, mouchoir de couleur autour du cou, se tenaient allongés, mitraillette au côté. Sa mère, la tenant toujours par la main, entra dans l'un des magasins de cette espèce de petit marché, et, avant même d'essayer de fendre la foule qui s'y pressait pour acheter, elle avisa un coin tranquille et l'y fit asseoir sur une caisse vide.

— Reste là, et sois bien sage, dit-elle en lui faisant une petite caresse.

L'un des deux jeunes vendeurs qui se tenaient derrière le comptoir connaissait la mère de la petite. Il la vit et lui sourit :

— Venez par ici, madame, je vais vous servir tout de suite.

Quand, avec un autre gros paquet à la main, elle se tourna, après avoir payé, vers le coin où elle avait laissé l'enfant, il lui sembla, d'un coup que tout s'arrêtait et que le brouhaha faisait brusquement place à un silence tangible, insoutenable, car la petite n'était plus là. La caisse y était toujours, elle, mais la petite n'était plus assise dessus. A croire qu'elle ne s'était jamais, jamais assise là et que sa mère s'était seulement imaginé la chose.

Avec ses trois paquets dans les bras, elle ne fut pas d'abord effrayée, non, seulement inquiète. Mais, comme il ne s'était guère écoulé que quelques instants depuis qu'elle l'avait fait asseoir sur la caisse, la petite ne pouvait pas être bien loin. Elle était peut-être même encore dans le magasin, cachée par les nombreux clients. Non, elle n'était pas là ; elle ne répondait point à ses appels. Alors la mère sortit dans la rue, où il y avait encore plus de monde, certaine qu'elle était d'apercevoir tout de suite le bleu de la robe de la petite et le blanc de sa brassière. Mais on n'y voyait surtout que des soldats indiens aux longues tresses noires, des Anzacs (1) au grand chapeau à larges bords relevé du côté gauche, des filles vêtues de petites robes de quatre sous en tissu autarcique (2) aux couleurs passées dès le premier lavage, des vieilles femmes qui mendiaient dans des pardessus d'homme en lambeaux ou d'autres vieilles encore, visiblement fatiguées, et qui regardaient autour d'elles, apeurées. Au reste, même si la petite avait été là, tout près, sa mère n'aurait pas pu la voir tant il y avait de monde, ni l'entendre, à cause des cris de ceux qui vendaient les marchandises des charrettes, comme aussi du vrombissement des jeeps pilotées

(1) Anzacs : soldats des unités australiennes et néo-zélandaises qui combattaient aux côtés des Britanniques, et qui tirent leur nom des initiales d'*Australian-New-Zealand Army Corps.* (N. d. T.)

(2) Tissu de qualité médiocre, mais de fabrication strictement nationale et qui était le seul qu'on pouvait trouver, durant la guerre, dans l'Italie mussolinienne, laquelle vivait alors en autarcie ou, si l'on préfère, en économie fermée. (N. d. T.)

par des Noirs aux longues mains, vrombissement qu'elle, la mère, s'efforçait de dominer en appelant sans fin, mais inutilement, la petite.

N'ayant point encore peur, bien que ce sentiment commençât de l'envahir sans qu'elle en eût conscience, elle s'approcha, gentiment et comme intimidée, d'une vieille femme qui serrait dans sa main, farouchement, un long billet de cinq cents lires de l'AMG (1). Elle lui demanda si elle n'avait pas vu une petite fille avec une petite robe bleue et une brassière de laine blanche ; et, tandis qu'elle attendait la réponse de cette vieille qui la fixait sans comprendre, la peur, l'épouvante, la submergèrent brusquement. Elle ouvrit la bouche, aspira l'air un grand coup, le cœur battant à se rompre, entendit à peine que la vieille lui disait : « Non, j'ai pas vu de petite fille » et commença aussitôt de remonter le courant de la foule, en criant le nom de l'enfant, en le hurlant, s'arrêtant un instant comme une folle, un peu d'écume au coin des lèvres, se remettant à courir, heurtant aveuglément les passants. Jusqu'à ce qu'enfin quelques personnes, qui s'étaient mises à chercher avec elle, lui disent qu'il ne fallait point qu'elle s'affole de la sorte, qu'une si petite fille ne devait pas être allée bien loin, et finissent par la faire monter, avec ses trois gros paquets, dans une jeep de la *Military Police* où trois grands types souriants l'adjurèrent de ne pas pleurer comme ça, l'assurant qu'ils allaient lui retrouver sa petite fille. Ils lui firent faire le tour

(1) L'AMG : le Gouvernement Militaire Allié (*Allied Military Government*), lequel émettait des billets de banque dans tous les territoires relevant provisoirement de son autorité. (N. d. T.)

de tous les pâtés de maisons du quartier, fouillèrent toutes les cours et tous les magasins. Mais, sur le coup d'une heure — alors qu'elle était à demi abrutie par tout le whisky qu'ils lui avaient fait boire et par son effroi qui confinait au délire, — ils décidèrent de la reconduire chez elle, l'un des trois grands types la soutenant, un autre portant ses gros paquets dans les bras. Ce fut son mari, le père de la petite, qui vint ouvrir, mais il ne comprit pas tout de suite.

— Cela s'est passé il y a dix jours, dit la lieutenante Anna. La mère était allée faire des achats dans cette espèce de petit marché qui se trouve près de la gare. (Le jeune général américain continuait de lire des feuillets dactylographiés qui se trouvaient devant lui, mais la lieutenante Anna savait qu'il l'écoutait tout de même.) Elle tenait la petite par la main ; elle l'avait emmenée avec elle parce qu'elle ne pouvait pas la laisser toute seule à la maison. Elle est entrée avec elle dans un magasin et, quelques instants plus tard, la petite n'était plus là. Elle avait sûrement dû sortir, et s'était perdue dans la foule. Sa mère l'a cherchée, mais cela remonte maintenant à dix jours et on ne l'a toujours pas retrouvée.

— Puis-je faire quelque chose d'utile ? demanda le jeune général en tournant un de ses feuillets et sans cesser de lire.

— Oui, mon général, dit la lieutenante Anna. La Police Militaire Alliée a fait des recherches, de même que la police italienne et les carabiniers, mais il n'y a pas trace de l'enfant. Sauf que des gens ont dit au père l'avoir vue, juste le jour de sa disparition, alors qu'on la faisait monter sur un camion militaire américain.

Le jeune général leva les yeux :

— Alors il leur faut suivre cette filière-là.

— Nous n'avons plus un seul camion dans cette ville, dit la lieutenante Anna. Ils sont maintenant tous partis ; les derniers, précisément le jour de la disparition de la petite. Il y en avait environ huit mille à un moment donné, mais ils sont actuellement dispersés dans divers secteurs de l'Italie du Nord, et quelques-uns sont même partis pour l'Autriche. (Debout devant la petite table où travaillait le général, la lieutenante Anna poursuivit :) Le père de la petite dit qu'il comprend bien que le Gouvernement Militaire Allié ne peut pas s'occuper de cela en ce moment et que la police italienne a également beaucoup à faire, mais il dit aussi qu'il est sûr que, s'il avait la liste de tous les camions américains, il finirait bien par trouver celui sur lequel on a fait monter la petite.

Le général cessa de lire et se leva.

— Je ne comprends pas, dit-il. Si un militaire trouve une petite fille perdue, il la ramène à l'état-major. Il ne se la garde pas pour lui.

— Le père, dit la lieutenante Anna, dit que le G.I. ne l'a pas ramenée à l'état-major, qu'il espère peut-être retrouver tout seul les parents de la petite. Ou bien c'est sans doute que le G.I. en question veut emmener l'enfant aux U.S.A. Mais cela, bien sûr, le père ne me l'a pas dit, j'ai seulement vu qu'il le pensait.

Le général haussa les épaules :

— Anna, vous savez aussi bien que moi tout

ce qui a pu arriver, ces jours-ci, à une petite fille perdue.

— Oui, je le sais, dit la lieutenante Anna. (Elle ne le savait que trop : elle pensait aux villes où déferlaient des troupes de toutes races, des Allemands en fuite, livrés au désespoir, vaincus et, partant, capables de tout. Dans quelques villes, on volait même des enfants qu'on ne retrouvait jamais.) Je le sais, mais le père ne le sait pas, lui. Il veut seulement qu'on lui donne la liste, avec noms et adresses, des conducteurs de nos camions ; il dit qu'après, pour ce qui est des recherches, il les fera tout seul : il dit aussi que la petite n'est pas morte, qu'elle n'a pas été violentée, auquel cas on aurait retrouvé son corps. Il dit qu'elle est toujours vivante, et il veut seulement qu'on lui donne cette liste. Il est là, dehors, qui m'attend, et je n'aurai jamais le courage de lui dire que nous ne pouvons rien faire pour lui.

— Mais je ne l'ai pas, moi, cette liste, dit le jeune général en baissant la tête. Nous n'avons de listes pour rien, vous le savez mieux que moi. De la plaine de Catane jusqu'à cette ville du Nord où nous sommes, nous n'avons guère eu le temps de nous occuper de ça. Je ne sais même pas combien nous avons de chars d'assaut. Je sais que nous en avons, mais je serais bien en peine de vous en dire le nombre et où ils sont. La guerre est finie, on démonte tout et on ne trouve plus rien.

— Les listes sont à Washington, dit la lieutenante Anna. Si vous demandiez un double de celle qui nous intéresse, on vous l'enverrait.

— La liste de tous les camions et assimilés débarqués en Italie ? dit le jeune général. Il y en a des dizaines et des dizaines de milliers. La moitié de leurs conducteurs sont morts ou ont été affectés Dieu sait où, la moitié de l'autre moitié n'est jamais passée par cette ville : c'est une recherche déraisonnable ; une vie entière n'y suffirait pas et, en fin de compte, le père ne trouverait rien.

La lieutenante Anna acquiesça du regard : elle savait bien que le jeune général disait vrai.

— Cette recherche est pourtant sa seule raison de vivre, dit-elle quand même. Il croit dur comme fer qu'il retrouvera la petite ; et la seule chose que nous pouvons faire pour lui, c'est de lui donner cette liste.

Le jeune général retourna s'asseoir :

— Ecrivez-moi cette lettre pour Washington, et demandez-leur cette liste, dit-il en se remettant à lire.

— Merci, mon général.

La lieutenante Anna salua et sortit.

Le père attendait dans une petite pièce, au bout du couloir. Il se tenait debout près de la porte. Il était jeune, très, très grand, avec des yeux clairs, candides, et qui la regardaient avec candeur. Sa barbe, d'un blond plus clair que ne l'étaient ses cheveux, n'avait pas été faite depuis deux ou trois jours, mais elle ne lui donnait point pour autant un air triste ou misérable. Non, elle le rajeunissait, au contraire. Si bien même que son regard déjà si jeune paraissait l'être davantage encore.

Alors la lieutenante Anna lui dit, dans cet italien chantant et rudimentaire qu'elle avait appris à Naples :

— Le général est d'accord pour vous donner la liste demandée. Cela prendra du temps, car il faut écrire à Washington, mais je vous préviendrai dès que nous l'aurons.

L'homme qui la regardait avec ces yeux-là ne croirait jamais, jamais, que sa petite-fille pouvait être morte. Non, jamais.

Ce fut la patronne de la pension de famille qui lui apprit que ce petit monsieur maigre, au visage rouge brique qui semblait devoir sa couleur à quelque affreuse maladie plutôt qu'à un coup de soleil, que ce petit monsieur, qui se tenait tout au fond de la salle à manger, à la table la plus éloignée de la véranda — comme s'il ne voulait voir ni la mer ni la plage, — était l'un des plus célèbres avocats de la République fédérale allemande, précisément de Bonn, et qu'il avait combattu en Italie, en tant que colonel de la Wehrmacht. Alors il regarda sa femme, si jeune encore dans le maillot blanc qu'elle portait sous le peignoir de bain bleu ciel qu'elle mettait pour passer à table, — ses cheveux gris ne la vieillissaient point et lui donnaient encore plus de charme. La fixant de ses yeux clairs, sans un mot, il lui fit comprendre qu'elle devait garder son calme, car il savait, lui, ce qu'il allait faire.

Mais il voyait, aux petites rides qui se formaient aux deux coins de la bouche de sa femme, qu'elle ne croyait plus à rien, qu'elle n'espérait plus, qu'elle avait même peur d'espérer. Lui cependant, inébranlable dans sa conviction, continua de la regarder droit dans les yeux pour la lui faire partager. Mais, s'il y parvenait de loin en loin, ce ne fut point le cas cette fois. Et les petites rides persistèrent longtemps, jusqu'à ce qu'ils aillent ensemble à la plage pour s'y baigner. Elles persistèrent, faisant parfois spasmodiquement trembloter les coins de sa bouche au souvenir désespérant et désespéré de ce lointain matin de mai. Si bien que, le soir, il dut lui faire prendre un comprimé de somnifère et ne la quitta seulement que quand il la vit endormie, devant la fenêtre, devant la mer incandescente, embrasée par une pleine lune rougeâtre. Puis il descendit et regagna la salle à manger où le colonel Grote, assis à une table d'angle, tournait délibérément le dos aux baies grandes ouvertes de la véranda et à la mer qui brasillait par-delà la grand-route. Le colonel Grote était seul dans la grande salle déserte, car tous les autres pensionnaires étaient sortis sitôt après avoir dévoré un dîner dont le fumet flottait encore dans l'air. Oui, seul, devant une petite fiasque de vin rouge ; et il regarda ce grand, ce très grand homme aux yeux clairs qui s'approchait de sa table, accompagné par la patronne de la pension.

Il se leva quand ladite patronne le lui présenta, inclina un crâne tout juste recouvert de cheveux gris clairsemés taillés en brosse, et lui dit, avec une politesse glacée, qu'il était enchanté de faire sa connaissance et qu'il serait heureux — cela dit très froidement — de pouvoir lui rendre service, ainsi que la patronne lui avait laissé entendre qu'il pourrait peut-être le faire. Il l'invita à s'asseoir, et regarda sans grand intérêt cet homme aux cheveux presque blancs et qui semblait pourtant tellement jeune. Il ne s'intéressait guère aux hommes, seulement aux femmes — c'était là son vice secret, — et s'il revenait chaque été sur les plages d'Italie, ce n'était point tant pour revoir les lieux où il avait combattu que parce qu'il s'y trouvaient des jeunes femmes pulpeuses, infiniment plus désirables que les walkyries dont il faisait son ordinaire le reste de l'année. Parlant fort bien l'italien, comme un Italien, et le comprenant parfaitement, sans même que lui en échappent les subtilités dialectales, il écouta sans ennui, mais aussi sans grand intérêt, ce que lui disait cet homme aux yeux clairs, tout ensemble si jeune et si vieux.

Donc, cet homme lui racontait que, quinze ans plus tôt, à la fin de la guerre, sa femme était allée faire des courses avec leur petite fille qu'elle tenait par la main, mais que, l'ayant laissée seule un moment, elle ne l'avait plus retrouvée. Le colonel Grote acquiesça d'un signe de tête, laissant entendre par là qu'il suivait fort bien le récit qu'on lui faisait ; mais en fait il ne le suivait que d'une oreille distraite, avec un intérêt mitigé. Toutefois, comme il n'était que dix heures à peine passées, il avait grandement le temps de l'écouter, puisque aussi bien il n'était seulement attendu qu'à minuit dans certaine villa de la pinède qui bordait la grand-route.

L'homme lui disait maintenant que, depuis la disparition de leur petite fille, il n'avait jamais cessé de la rechercher. Ayant appris qu'on avait vu l'enfant sur un camion militaire américain, il avait alors écrit à tous les conducteurs desdits camions susceptibles d'avoir pu traverser leur petite ville. Ç'avait été un travail de plusieurs années. Et il semblait bien que tous les conducteurs contactés lui eussent répondu, y compris — par le truchement de leur épouses, sœurs ou mères — ceux qui étaient morts, lui assurant qu'aucun d'eux, qu'aucun John, Fred ou Bill, n'avait jamais ramené aux U.S.A. de petite fille italienne. Oui, tous lui avaient répondu ou lui répondaient encore de la sorte ; mais il avait continué et continuait toujours d'écrire à tous ces John, Fred ou Bill, car il avait un gros cahier tout plein de noms et d'adresses qui lui avaient été communiqués par le Gouvernement Militaire Allié. Il avait là de quoi écrire des lettres pour le restant de ses jours. Et cet homme donnait vraiment l'impression d'avoir fait et de faire encore tout ce qu'il disait. Le colonel Grote acquiesça d'un nouveau signe de tête, signifiant ainsi qu'il suivait toujours le récit et l'écoutait avec beaucoup d'intérêt, car il commençait d'éprouver un semblant de compassion pour ce malheureux père.

Incidemment, et s'excusant presque du regard, l'homme lui apprit que sa femme, profondément désespérée de la disparition de leur enfant, avait déjà tenté par deux fois de se suicider et que, maintenant encore, après tant d'années, elle semblait parfois vouloir recommencer. Il lui fallait la surveiller constamment, car il ne voulait point l'envoyer dans une clinique psychiatrique, mais elle était persuadée que la petite était morte et que c'était de sa faute.

Le colonel Grote se dit que la femme de cet homme avait sûrement raison de penser que leur enfant était morte. Mais d'obscures réminiscences commençaient néanmoins de le troubler : il lui semblait avoir déjà entendu une histoire pareille. Bien sûr, il y avait eu le rapt du bébé Lindbergh, mais ce n'était pas de cela qu'il s'agissait. Non, c'était autre chose. L'homme qui lui parlait lui dit alors qu'un jour, l'un de ces Fred ou de ces

Bill lui avait écrit que, s'il n'avait point ramené de petite fille italienne avec lui, il avait tout de même entendu parler d'un officier allemand qui avait réussi à s'enfuir avec sa femme de la petite ville d'où l'enfant avait précisément disparu. Oui, à s'enfuir, en revêtant un uniforme américain et au moyen d'un camion sur lequel il avait arboré la bannière étoilée. Puis, grâce à une petite fille que sa femme tenait ostensiblement sur ses genoux, ledit Allemand avait traversé l'Italie du Nord alors en liesse du fait de la Libération, réussissant à passer sans encombre au travers des colonnes de maquisards qui descendaient des montagnes, comme aussi des bagarres de police, et qu'il avait enfin atteint la Suisse. Cette histoire, le Fred ou le Bill en question l'avait entendu raconter par un copain, et c'était pour ça qu'il lui avait écrit.

— Vous comprenez ? demanda l'homme.

Le colonel Grote, qui n'était guère plus martial, là, avec sa petite chemise jaune à manches courtes et son short noir, qu'il ne l'avait été en uniforme, le colonel Grote secoua la tête : non, il ne comprenait pas.

— J'étais sûr que ma petite avait été emmenée par un Américain dit l'homme. (Il parlait calmement, patiemment, avec une confiance inébranlable.) Oui, parce qu'une femme qui l'avait aperçue, de sa fenêtre qui donnait sur la rue, avait aussi vu un type en uniforme américain et un drapeau étoilé ; mais en fait, cet Américain, c'était un Allemand qui fuyait.

Le colonel Grote ne comprenait toujours pas, mais il dit tout de même que tout lui semblait extrêmement clair. Peut-être bien parce qu'une seule chose lui paraissait vraiment claire : c'était que cet homme et sa femme avaient tous deux perdu la raison à la suite de la disparition de leur petite fille. La femme, quant à elle, écrasée de douleur, ne tentait seulement — et c'était presque naturel, plus humain aussi — que de se suicider et finirait bien par y arriver, un jour ou l'autre. Le père, lui, c'était autre chose : il voulait vivre, et il vivait s'obstinant à espérer, d'un espoir qui se raccrochait à tout et à rien, pour ne point sombrer définitivement. Quinze années de recherches incessantes, quinze années d'espoir indéfectible : la petite, si elle avait été encore vivante, aurait eu près de vingt ans. Mais son père, lui, continuait de croire au miracle.

— Cette fois-ci, je crois que je suis sur la bonne voie, dit l'homme précocement vieilli, mais cependant étonnamment jeune de tout cet espoir qui lui redonnait une nouvelle jeunesse. « Les Allemands qui ont réussi à s'enfuir de notre ville ce jour-là n'ont pas dû être bien nombreux. Il suffirait de savoir exactement quels étaient ceux qui s'y trouvaient lors de la disparition de ma petite fille, et de les rechercher, — s'ils sont encore vivants. Voyez-vous, mon colonel, je crois savoir comment les choses se sont passées. (Et ses yeux clairs fixaient le colonel Grote avec une douceur patiente, avec, aussi, une confiance que rien ne pouvait entamer.) C'était la fin de la guerre, et les unités allemandes qui stationnaient dans notre ville s'y trouvèrent encerclées. Beaucoup de leurs soldats tentèrent de s'enfuir, en vain. Un officier revêtit alors un uniforme américain, trouva un camion, un drapeau et essaya, lui aussi, de filer avec sa femme. Il n'y serait peut-être tout de même pas parvenu, mais une petite fille, visiblement perdue, était là, et il se dit qu'avec cette enfant bien en vue, et qui saluerait tout le monde de la main, il lui serait bien facile de franchir les barrages militaires et autres. Et de fait, mon colonel, il a dû les franchir, passer en Suisse, puis en Allemagne et arriver enfin chez lui, parce que, bien qu'il y ait eu beaucoup d'exhumations dans notre ville depuis lors, on y a seulement retrouvé que des restes d'adultes, hommes et femmes, mais jamais ceux d'une petite fille. Ma petite n'est pas morte. Cette femme qui se tenait à sa fenêtre ne s'est pas trompée : elle a bien vu un type en uniforme américain qui la faisait monter sur un camion. Et ce type, une fois en Allemagne, se sera attaché à ma petite et l'aura gardée avec lui. Vous comprenez ?

Oh ! oui, maintenant, le colonel Grote comprenait enfin : cet homme se créait tout un monde de possibilités, s'inventait constamment de nouvelles raisons d'espérer pour survivre, coûte que coûte, à son inguérissable détresse. Cela tournait à l'idée fixe. Tenter de le raisonner, de l'arracher à ses phantasmes, était impossible. Une petite fille perdue à la fin de la guerre dans un pays où déferlent les armées victorieuses, cependant que se débandent les vaincus ; des Marocains et des Indiens assoiffés de vengeance, affolés de terreur, gorgés d'alcool, habitués au pillage aussi, aux prises de guerre ; des balles perdues ; et tout le reste : la petite fille était sûrement morte, mais pas pour son père.

— Je ne vois pas en quoi je pourrais vous être utile, dit le colonel Grote.

Il était maintenant onze heures passées, et il

pouvait déjà se diriger tranquillement vers la villa de la pinède : une pulpeuse, une délectable jeune Italienne l'y attendait, de qui la fermeture Eclair, s'ouvrant pour lui, glissait avec un bruit qui le troublait, le poursuivait, et qu'il croyait entendre par instant.

— La patronne de la pension m'a beaucoup parlé de vous, expliqua alors cet homme inébranlable que rien ne paraissait pouvoir jamais décourager. « Vous êtes l'un des meilleurs avocats de la République fédérale allemande et vous habitez justement à Bonn, sa capitale. Je vous demande donc de m'aider et de plaider ma cause : vous pourrez sûrement obtenir des archives de la République fédérale qu'on vous communique les noms des militaires allemands qui se trouvaient en Italie, dans notre ville, à cette époque-là. Cela sera évidemment très long que de les rechercher, mais nous finirons tout de même par savoir quelque chose et par retrouver celui qui a emmené ma petite. »

Le colonel Grote se tourna finalement vers la mer qui se voyait par-delà la véranda et la grand-route ; mais seulement parce qu'il se disposait à partir, non point pour admirer et la mer et la lune : il ne venait pas là pour cela.

— Laissez-moi le temps de réfléchir un peu, dit-il évasivement pour couper court à la pitié qui commençait de le gagner, malgré que le bruit de la fermeture Eclair le troublât de nouveau. « Demain il fera jour, et nous reparlerons de tout cela. Si je puis faire quelque chose pour vous, croyez bien que je le ferai volontiers », conclut-il.

Il ne se leva pas pour prendre congé et le faire se lever aussi ; mais l'homme inébranlable se leva de lui-même, discret et raisonnable, quoique encore en proie à ses phantasmes. Puis, un peu moins droit qu'il ne l'était il y avait quinze ans, mais toujours inébranlablement confiant, il quitta la salle à manger encore toute imprégnée des relents du dîner.

Ce fut à ce même instant, tandis qu'il le regardait s'éloigner, que le colonel Grote entendit de nouveau — non point dans l'oreille, dans le souvenir — un bruit de fermeture Eclair qu'on ouvrait et qui n'était plus celui de la gaine de la pulpeuse Italienne, mais un autre qui lui ressemblait beaucoup et cependant fort différent : c'était celui de la fermeture Eclair du porte-documents d'un tout jeune avocat, Me Wilhelm Hagger. Beaucoup, beaucoup d'années s'étaient écoulées depuis qu'il l'avait entendu, ce bruit, et c'était pour cela qu'il avait tout à l'heure pensé à quelque vague réminiscence, sans pourtant parvenir à se rappeler de quoi il pouvait bien s'agir. Maintenant il se souvenait de tout.

Le tout jeune Me Wilhelm Hagger avait ouvert son porte-documents en en tirant la fermeture Eclair — il le revoyait faire son geste, — et ladite fermeture avait fait un bruit dont il ne venait seulement de se souvenir que parce qu'il lui rappelait celui de la fermeture de la gaine d'une jeune Italienne. Puis Me Wilhelm Hagger avait sorti quelques feuillets dactylographiés, en lui disant, respectueusement, qu'il était venu le consulter, lui, le grand avocat Grote, ou plutôt lui demander conseil, pour l'un de ses clients qui était aussi un ami. « Assieds-toi, gamin », lui avait-il dit. Me Wilhelm Hagger était encore trop jeune pour exercer vraiment. Surtout que c'était le temps où, à Nuremberg, les Alliés pendaient à tour de bras les chefs nazis, le temps aussi où, à Berlin, une fille coûtait moins cher qu'un paquet de cigarettes, et que ce temps-là n'était rien moins que propice aux jeunes avocats idéalistes.

Me Wilhelm Hagger — il avait tout l'air d'un grand gosse — s'était assis et avait commencé de lui raconter son histoire. Il lui avait dit qu'à la fin de la guerre, son client, alors officier de la Wehrmacht, se trouvait avec sa femme dans une petite ville d'Italie bourrée à craquer de troupes alliées, et qu'il cherchait à la quitter, à s'enfuir. Il n'avait pas grand espoir d'y parvenir. Mais sa femme avait réussi à lui procurer un uniforme américain ; et, un matin, elle lui avait dit d'aller l'attendre près d'un certain petit marché où elle le viendrait chercher avec un camion. L'officier en question, portant le fameux uniforme, avait donc attendu comme convenu, en cette chaude matinée de mai, sa main serrant dans la poche de son pantalon la crosse d'un Luger chargé, et dont il avait déjà ôté le cran de sûreté, prêt à tirer sur le premier Anzac ou le premier M.P. — autrement dit le premier « flic » militaire — qui aurait repéré son déguisement. Les nerfs tendus à se rompre dans cette attente sans espoir, au milieu d'Indiens barbus et de Marocains aux yeux de braise qui lui souriaient, il avait senti qu'on le tirait par la jambe de son pantalon : une petite fille s'était accrochée à lui, une petite fille qui criait : « Maman, maman ! », ce qui, en allemand, voulait dire *mutter*. Alors il l'avait instinctivement prise dans ses bras ; et ce n'avait été seulement qu'après qu'il s'était dit que cette petite pouvait être sa sauvegarde : personne ne se méfierait jamais d'un soldat américain avec une enfant dans les bras. Mais peut-être représentait-elle au contraire un danger ? Sa mère pouvait arriver d'une minute à l'autre ; aussi, quoique tenant la petite, il serrait toujours la crosse du Luger au fond de la poche de son pantalon : on ne le prendrait pas vivant. Puis, au bout d'un moment, était arrivé un camion Dodge conduit par un Noir, auprès de qui se trouvait sa femme qui lui faisait signe de monter avec eux. Deux M.P. anglais approchaient. Alors il avait sauté dans le camion avec la petite. S'il l'avait laissée là, dans la rue, cela aurait éveillé les soupçons des M.P. et ils se seraient sûrement lancés à la poursuite du camion, que le Noir qui le conduisait n'avait accepté de leur céder qu'après que sa femme l'eût payé de la façon qu'on peut imaginer. Puis ils se l'étaient gardée, cette petite, parce qu'elle leur était d'un grand secours : les visages des maquisards, mitraillette à l'épaule, tout au long de leur voyage vers la Suisse — le Noir les avait quittés à la sortie de la ville — s'éclairaient en apercevant l'enfant. Ils saluaient des deux doigts en V et démontaient les barrages pour les laisser passer. La petite, le drapeau américain et les cartouches de cigarettes que sa femme distribuait libéralement — et que le Noir lui avait galamment offertes — les avaient aidés à gagner la Suisse, où l'officier avait dit que la petite était leur fille, puis l'Allemagne, où il avait continué de le dire. Maintenant, au bout de deux ans, il leur semblait qu'elle l'était vraiment devenue. Elle parlait allemand. Et ce qu'ils craignaient plus que tout au monde, c'était que ses vrais parents viennent la réclamer. C'était pour cela qu'ils s'étaient adressés à leur ami, Me Wilhelm Hagger, pour qu'il leur dise ce qu'il leur fallait faire afin de garder pour toujours cette enfant qui les avait sauvés et qui était devenue leur fille, afin aussi que personne ne sache jamais qu'elle ne l'était pas vraiment. Mais le jeune avocat n'était point un spécialiste de ces questions, et il était venu lui demander conseil, à lui, le grand avocat Grote, colonel de la Wehrmacht.

Et lui, le colonel, ou plutôt l'ex-colonel de l'ex-Wehrmacht, avait souri en regardant les verres abominablement épais des lunettes de Me Wilhelm Hagger.

— Rien, lui avait-il dit, en haussant les épaules devant tant de candeur. « Vous ne devez rien faire, ni toi ni tes amis qui ont cette petite fille. Absolument rien. Il y a des milliers d'enfants perdus, égarés, aujourd'hui, et aussi des millions d'adultes. Nous avons tous perdu quelqu'un. J'ai moi-même perdu ma sœur. Où est-elle ? Bah ! Si elle avait été jeune, je pourrais penser qu'elle a fait les délices de quelque cosaque, mais elle était vieille et laide, alors... Dis à tes amis de ne pas s'inquiéter : après une guerre pareille, on ne retrouve jamais rien ni personne. »

Voilà ce qu'il lui avait dit, ce jour-là, à ce tout jeune avocat. Puis il avait oublié cette histoire. Et s'il n'y avait pas eu le bruit de la fermeture Eclair de cette gaine, qui ressemblait tellement à celui de celle d'un porte-documents, il ne se serait jamais rien rappelé. Et voilà qu'au contraire il s'était souvenu, se dit-il en se levant pour aller

— c'était tout près — à la villa dans la pinède où une jeune femme l'attendait.

Il sortit, traversa la grand-route. La lune n'était plus rougeâtre, mais blanche. Tout était blanc : la mer, la plage, la pinède derrière lui. Il regarda tout cela un moment. Sans rien voir, parce que rien de cela ne l'intéressait, ne l'avait jamais intéressé : ni la mer, ni la lune, ni les enfants. Non, ce qui lui plaisait, à lui, c'était la guerre — quand on pouvait la faire, — annihiler toute résistance ennemie par le fer et par le feu ; c'étaient les femmes aussi, et la douceur de leur corps, leur ravissante façon de s'habiller, — et de se déshabiller. Tout le reste ne l'intéressait absolument pas, qui n'était, pour lui, que mensonge et futilité.

Mais, quand ayant traversé la grand-route, il atteignit l'endroit où commençait le sable et, un peu plus loin, la mer, il s'arrêta d'un coup, comme pétrifié : l'homme aux yeux clairs avait raison. Sa fille était vivante, comme il l'avait cru, durant des années et des années, et le croyait encore : c'était cette enfant qu'avait emmenée l'officier allemand et qui était à présent une jeune fille de près de vingt ans. Cet homme ne vivait point parmi des phantasmes, pas plus qu'il ne délirait : il espérait, pouvait espérer, avait raison d'espérer. Maintenant, lui, colonel Grote, devait courir lui dire que sa fille était vivante et qu'on savait où la trouver. Il suffisait de le demander à Me Wilhelm Hagger. Oui, mais il y avait cet autre, cet Allemand qui l'avait élevée durant quinze ans comme si elle était sa propre fille, et qui n'avait jamais cessé de vivre dans la terreur que ses vrais parents ne viennent un jour la lui reprendre.

C'était là un problème qui le dépassait, et qui ne l'intéressait pas tellement. Il avait le sentiment de commettre un crime, mais il tourna le dos à la mer, retraversa la grand-route et se dirigea vers la pinède. Non, il ne dirait rien à cet homme, ni à personne. Il ferait comme s'il ne s'était pas souvenu, comme s'il n'avait jamais rien su. A quoi bon maintenant ? Mais, cependant qu'il s'engageait dans la pinède, le clair regard de cet homme ne cessait de le poursuivre. Peut-être que tout était inutile, la petite était devenue femme et croyait bien être la fille de ce couple qui l'avait élevée. Mais cet homme et son invincible espoir avaient eu raison, avaient encore raison. Lui, colonel Grote, ne lui dirait jamais la vérité, mais seulement, aimablement, froidement, qu'il ne pouvait pas s'occuper de son affaire. Puis il tenterait de le convaincre de ne plus espérer que sa fille était encore vivante, — et ne l'en convaincrait jamais. Mais cet homme avait raison ; et lui, colonel Grote, en se taisant, commettait un crime.

Il était maintenant arrivé devant la villa et sonna, deux fois, comme convenu avec la jeune femme. Cela lui était bien égal que ce fût un crime, ça ne l'intéressait pas. Il y avait si peu de choses en ce monde qui l'intéressaient. Quant la jeune femme, déjà en déshabillé transparent, lui entrouvrit la porte, il oublia tout, tout de suite, et à jamais, — encore qu'il sût que l'autre, l'homme aux yeux clairs, continuerait d'espérer — avec raison — pour toujours.

(Titre original : *La speranza.)*

TABLE DES MATIÈRES

ACHEVÉ D'IMPRIMER SUR LES PRESSES
DE COX & WYMAN LTD. (ANGLETERRE)

N° d'édition : 1614
Dépôt légal : novembre 1985